Bandixen, Fast kein Land

Ocke Bandixen

Fast kein Land

Roman

Osburg Verlag

Erste Auflage 2011

www.osburgverlag.de

Lektorat: Ulrich Steinmetzger, Halle (Saale)
Herstellung: Prill Partners producing, Berlin
Umschlaggestaltung: Toreros, Lüneburg
Satz: Dörlemann Satz, Lemförde
Druck und Bindung: GGP Media GmbH, Pößneck
Printed in Germany
ISBN 978-3-940731-60-9

1.

Wir fühlten uns wohl in der blauweißen Gemütlichkeit der Küche. Ich saß wieder neben Irene. Die Kartoffelstücke platschten von Zeit zu Zeit in die weiße Emaillewanne. Ludwig hockte auf der weißen Bank gegenüber am Tisch und erzählte, wie er das immer tat: langsam, fast stockend, aber melodisch. Heute denke ich, er wusste, dass er es konnte: erzählen.

Mir öffnete er die Welt.

Ich saß neben Irene, nicht neben Ludwig, weil ich ihm so besser zusehen konnte, wie er sprach, mein Freund. Und weil ich, dann und wann unbemerkt, wie ich am Anfang dachte, oder zumindest geduldet, wie ich später vermutete, von Irenes Kaffee trinken konnte.

Ludwig fuhr, segelte noch einmal um die Welt. Um Kap Horn, durch die Südsee. Er war bestimmt ein guter Pirat gewesen. Davon war ich als kleiner Junge überzeugt – und später davon, dass er zumindest ein guter Seemann gewesen war.

Seine Geschichten wehten und schaukelten, sie stürmten und wirbelten, sie sprühten mir die Gischt an den Küchentisch, auf meinen Platz, mitten ins Gesicht. Ich konnte nicht genug davon bekommen, dabei war er eigentlich etwas anderes. Geologen-Assistent oder so.

Ich liebte so sehr seine Seegeschichten, die er aus jener Zeit erzählte, als er in Afrika die Eisenbahn mitgebaut hatte – oder zumindest den Weg für sie vermessen. Und ich wusste dann, eher instinktiv als durch das Gewicht seiner Worte, dass es ihm ernst war. Er erzählte eine wahre Geschichte. Diese Erzählung konnte mich noch mehr gefangen nehmen als seine anderen, gerade weil sie so besonders war. Auch sie schien fantastisch und kaum zu glauben. Die grauen Augen und das dann und wann zum Unterstreichen des Gesagten eingesetzte Nicken Ludwigs, verbunden mit seinem heiseren, bekräftigenden Brummen, waren noch öfter zu beobachten als sonst, sie scheuchten alle Zweifel in die Marschenfelder vor unserem Haus. Was blieb, war das Wundern, das Staunen, dass es so etwas geben konnte.

Eine Stadt im Sand, mitten in der Wüste, wie aus dem Nichts entstanden. Erbaut, gewachsen allein durch die Sehnsucht und die Gier der Menschen: Ballsäle, Salons, Promenaden, Hotels.

Sie lag an der Strecke, die Ludwig damals gebaut hatte. Natürlich nicht allein. Er war nur ein Helfer, wie er das nannte. Die Verantwortung hatten andere, zum Beispiel der Mann, für den er arbeitete.

Die Stadt hieß Kolmannskuppe. Und sie lag in Deutsch-Südwest. Eine afrikanische Goldgräberstadt. Besser: eine Diamantengräberstadt. Man sprach vornehmlich deutsch. Aber hier lebten Händler, Diamantensucher, Glücksritter aus aller Herren- und Sklavenländer.

Sie stand und trotzte der Wüste, der Sonne, der Hitze, dem Sand wie der Fiebertraum eines Durstenden, der wahr wurde. Eine Fata Morgana aus Holz und Stein.

Ich hatte heimlich im großen Atlas meines Vaters versucht, diesen geheimnisvollen Ort zu finden. Bisher vergeblich. Die Lücke im Regal war gewaltig, wenn der Atlas fehlte, also machte ich, so schnell ich konnte. Mehrere Versuche, die ich jeweils aus Angst abgebrochen hatte, waren erfolglos geblieben. Ich stellte mir mehr und mehr die Frage, die ich im Angesicht Ludwigs nicht einmal zu denken gewagt hätte: Gab es diese Stadt?

Ludwig hatte einen Strich auf dem Arm, dem linken. Ich wollte nur zu gern glauben, dass es eine Tätowierung war. Es hätte so gut gepasst. Und er ließ mich in dieser Fantasie.

»Mir ist das Geld ausgegangen«, knurrte er und lachte unter dem Rost in seinem Gesicht, den Ringen und Falten, den roten Flecken und den schweren Linien um die Augen. Der Strich war violett, tatsächlich wohl ein alter Schnitt. Ein Strich wie ein großes I. Für Irene, da war ich mir sicher. Für mehr Geld hätte er auch mehr Buchstaben bekommen.

Irene lachte leise, wie nur sie es konnte, still, fast schweigend, nur für sich. Ihre Augen, die kugeligen, die sonst alle einluden, festhielten, beisammen sein lassen wollten, diese Augen waren dann immer ganz schmal, wenn sie lachte, hatten die Herrschaft verloren über ihr Gesicht. Irene kicherte nur für sich, weil sie es dann vielleicht besser bewahren konnte, ihr kleines Gelächter, die hellen Momente, als wenn sie laut alles heraus und fort gelacht hätte.

Irene hatte schmale Schultern, einen runden, breiten Rücken und hochgesteckte Haare. Man konnte ihren Nacken sehen. Ein, zwei graue Haare fielen zwischen den braunen aus dem Knoten herunter. Die hellblau-weiße war ihre Lieblingsschürze. Irene war schon lange bei meinen Eltern, länger als ich.

»Wir fingen an im Dezember 05«, begann Ludwig stets seine Geschichte. Es klang für mich immer wie eine Ansage am Bahnhof. Achtung, der Zug fährt ein, Dezember 05!

»Sechs Fuß, drei Zoll, sollte später an das südafrikanische Eisenbahnnetz angeschlossen werden. Geld lief, Wasser nicht. Das hatten wir nicht. Keines da. Hottentotten-Aufstand, die Soldaten, die Seuchen, ach, alles nicht so schlimm. Aber der Durst war niederträchtig.«

»Dann trink man noch«, brummte Irene stets gutmütig an dieser Stelle. Ludwig stürzte jedes Mal, auch aus Schau, die Tasse hinunter. Ich brannte auf eine Fortsetzung. Das Beste, das wusste ich schließlich, würde gleich kommen: Diamanten!

Ludwig wusste, dass ich es wusste, und so ließ er sich Zeit. Berichtete ausführlich von Spurbreiten der Gleise, den Trinkwasserproblemen und den

Nama, die immer wieder Vorposten angegriffen hatten, und so weiter.

»Ludwig?«

»Ja?«

»Na?«

»Was?«

»Die Diamanten!«

»Ach, ja.« Er lächelte und tat, was er immer an dieser Stelle der Geschichte tat. Er krempelte seine Ärmel hoch. Und wenn er es schon getan hatte, dann tat er so, als täte er es noch einmal.

»Der Zacharias, fixer Junge, sollte was holen, weiß bei Gott nicht mehr, was.«

Ludwig sprach es schnell wie eine tausendmal gesagte Zauberformel, hektisch, doch voller Melodie. Die Pause und dann das »bei Gott«. Ludwig war, zumindest nach meiner Beobachtung, wenig bis gar nicht gläubig. Die Worte fielen wie von selbst in der immer gleichen Reihenfolge und Betonung aus seinem Mund.

»War erst bei Kilometer 16. Noch fast gar nichts also. Lüderitzbucht konnte man noch riechen. Er, der Zacharias, war auf jeden Fall mit einer Schaufel los. Und kam dann wieder. Moj Klip! Moj Klip!«

Ludwig hielt uns die Hand offen hin. Und wir guckten wie jedesmal auf seinen Handteller, als sähen auch wir den ersten gefundenen Rohdiamanten. Wie er damals. Den Diamanten, der alles verändert hatte.

2.

Mein zwölfter Geburtstag sollte etwas ganz Besonderes bringen, das war klar. Nicht nur ein Jahr mehr, das ich natürlich auch schon sehnsüchtig erwartete, um ja doch von den Großen noch ernster genommen zu werden.

Meine Mutter war schwanger. Der Arzt hatte erst voriges Mal gefragt, ob sie denn auch zwei Kinderbetten auftreiben könne. Der liebe Gott meine es eventuell mit ihr doppelt gut. Ich hatte gelauscht.

Es sollte noch ein wenig dauern mit der Geburt, hatte Irene mir am Tag darauf zugeraunt. Sie war die Vertraute meiner Mutter. Selbst hätte die mir so etwas doch nie erzählt. Dass sie in anderen Umständen war, das hatte sie mir von Irene quasi überbringen lassen. Wohl hatte sie Angst, sie müsste mir erklären, wo die Kinder herkommen. Dabei wusste ich natürlich längst Bescheid.

Ludwig hatte einen Kompass und eine Pfeife. Den Kompass trug er an einer Uhrkette, zog ihn dann und wann aus der Tasche und guckte ihn an, als sei er eine Uhr. Manchmal, wenn ich oder jemand anderes, den er mochte, guckte, tat er so, als ziehe er den Kompass auf und höre dann, ob er auch wieder ticke.

Die Pfeife hatte eine langen, schwarzen Stiel und ein graues, weil zerbissenes Mundstück. Als ich neun war, hatte er mir auch eine gemacht, massiv aus Holz, ebenfalls schwarz, nur ein bisschen kleiner als seine. »Darfste nur Madame nicht zeigen«, hatte er gesagt und auf die oberen Fenster des Hauses gewiesen.

»Nur auf dem Wagen, wenn wir alleine fahren, einverstanden?«, hatte ich gefragt und ein rostiges Lächeln, wie nur Ludwig es konnte, zur Antwort bekommen.

Und mein Vater? Nun, er hatte zu tun. Und ich natürlich auch. Ich hatte Sommerferien, und das bedeutete für mich, dass ich mithalf. Ich machte alles, wobei mich Ludwig, unser Knecht, gebrauchen konnte. Und das war eine Menge: Tiere, Hof, Feld. Besorgungen machten wir auch. Mit dem Wagen, denn alles andere war ja zu weit.

Unser Hof lag draußen, weit vor den anderen. Das Land war gut, es war wohl das fruchtbarste in ganz Nordfriesland. Es war gerade erst eingedeicht worden. Der mächtige Wall, der vom Wasser her flach anstieg und dann doch eine beachtliche Höhe erreichte, schützte uns. Unserer und die anderen Pachthöfe neben uns standen in der ersten Reihe dahinter.

»Moj Klip!«, das sagte Ludwig oft. Immer dann, wenn ihm etwas einfiel, etwas gutes Neues unterkam, wie vielleicht eine neue Sorte Tau, die mein Vater aus der Stadt mitgebracht hatte, oder eine schöne Feder, die ich aufgesammelt hatte und ihm unter die Nase hielt. »Moj Klip!« Und ich sagte es dann auch. Moj Klip!

Erst durch die Jahre, das Älterwerden und das zunehmende Verstehen, denke ich, erkannte ich langsam, wie besonders wir wohnten. Mir muss es bei einer der Fahrten mit Ludwig aufgegangen sein: Weiße, große Häuser. Farmhäuser, lernte ich später, gebaut nach dem üblichen Kolonialstil in Deutsch-Südwest, standen hier. Sieben an der Zahl, mehr oder weniger nebeneinander. Schwer und breit, auf jedem Hof eines.

»Woher kommst Du eigentlich, Ludwig?«

»Woher?« Ludwig schlürfte Kaffee in der Küche und versenkte sein Gesicht lange in der Tasse.

»Na, von da.« Er zeigt unbestimmt in Richtung Südwest.

»Woher genau?«

»Genauer kann ich das gar nicht mehr sagen.«

Er lachte kurz sein rostiges Lachen und suchte beim Umherblicken nach etwas, das mich ablenken könnte.

»Doch, Du willst nur nicht.« Das hatte ich unserem Knecht noch nie gesagt. Er war mir vertraut und ich wagte schon, ein wenig respektloser mit ihm zu reden als beispielsweise mit meinem Vater.

»Habe ich Dir schon einmal erzählt von dem Vorposten, als ich angegriffen wurde? Vor Seeheim war das. In Südwest.«

»Nein.«

Ludwig kniff die braunen Augen zusammen, lächelte schief und nickte, sodass sich eine graue

Strähne aus seinen nachlässig nach hinten gekämmten Haaren löste.

»Das war auch nicht so schön.«

»Was ist da passiert?«

»Erzähle ich lieber nicht. Verstehst Du?«

Ich bewegte meinen Kopf und wusste selbst nicht, ob ich nickte oder ihn schüttelte.

3.

Unser Land war etwas Besonderes. Die Straßen waren breit und gerade, sie waren so gebaut, wie sie einst auf einem Reißbrett gezogen worden waren. Die Möwen waren bei uns öfter als anderswo. Sie kamen – wie immer – an Land, wenn draußen das Wetter schlecht war, aber auch sonst kamen sie öfter zu uns als zu den anderen Bauern, deren Höfe und Land weiter drinnen waren, man kann fast sagen, weiter auf dem Festland.

Und der Wind war immer da. Nicht dass das etwas wirklich so Außergewöhnliches gewesen wäre. Denn der Westwind war hier zu Hause. Zu uns kam er aber beinahe ungeschützt, ungebremst.

Er war an manchen Tagen und Abenden so hart und nass, dass man glauben konnte, er habe auf dem letzten bisschen Meer vor unserem Land noch Salz und Gischt aufgesammelt, die er uns quer in die Gesichter trieb und auf die Felder warf. Die Deiche waren die Sicherung des Landes. Nicht immer schon, aber seit vielen großen Fluten erprobt. Einer größer als der andere, einer von See her flacher ansteigend als die anderen. Es gab drei Deiche: Den alten, er lag gerade einmal kurz hinter den Ortschaften, eine erste, alte Grenze zum Meer, wie eine Falte, die sich in das Land gelegt hatte.

Der zweite war der Schlafdeich. Er war höher und lief flacher an als der alte, war damit breiter. Er wurde auch besser gepflegt von Schafen und Menschen. Er hatte noch Dienst, wenn der Außendeich brechen sollte. Und der lag vor unserem Hof. Die Grenze, die ich sah, wenn ich von unserem Haus auf das Meer blicken wollte.

Es war, als hielte er nicht nur die Flut auf der Seeseite zurück. Er ließ auch die Blicke von der anderen Seite, also unserer, nicht zu, die sehnsüchtig zum Meer gerichtet wurden. Er schaffte Ordnung in unserem Leben. Das Meer zog die Menschen hier dennoch ständig an, auch mich, aber der Deich verhinderte das Schlimmste. Über den Deich wachte der Graf, wie bekannt, Herr mehr über Land und Schafe, denn über Untertanen. Die Schafe fraßen, traten fest, trampelten Mäuse- und Karnickellöcher zu. Wie Wolken, langsam sich immer wieder teilend und zu neuen Mustern und Formen zusammenfindend.

Zwischen den Deichen lagen die Köge, benannt nach ihren Erbauern oder Planern, junges Land mit alten Namen und Geschichten versehen, wie es gut in die Landschaft passte. Denn das Land hatte ein gutes Gedächtnis, hier wurde nichts vergessen, schon gar nichts, das mit dem Meer zu tun hatte.

Das Land war gut, die Felder waren groß. Das Korn stand jeden Sommer hoch, höher noch als anderswo. Der Neid der anderen war uns eigen wie der Stolz, hier zu sein.

Mein Vater empfand es als Privileg, hier Pächter zu sein. Als junger Mann hatte er, ich konnte es aus manch betrunkener Rede heraushören, die er mehr für sich als für mich brabbelte, von Amerika geträumt. Amerika und immer wieder Amerika. Hier nun waren seine Träume gelandet, nicht ganz Amerika, aber in einem Land vor der anderen Welt. Vorland nannte man bezeichnenderweise das Land vor dem Deich, das noch ungeschützt war.

Einmal war es, als wir Besuch von einem Onkel hatten, der unser neues Zuhause noch nicht kannte, da gingen wir zusammen auf den Deich und guckten. Das taten wir oft, nur meistens schweigend. Nun aber hob der Onkel seinen Stock und krächzte in den feuchten Abendhimmel: »Wer kann England sehen? Da hinten ist England!«

Mein Vater wandte sich verächtlich zur Seite und sprach zu mir, der ich der einzige Begleiter war, an den er solche Rede richten konnte: »Wir können viel weiter sehen als England. Viel weiter, was?«

Im Nachbarkoog, im nächsten Dorf, die Straße immer weiter, da sahen die Häuser anders aus, schon immer: geduckt, rote Ziegel, manche weiß angemalt, die meisten mit Reetdach, wie üblich im

Land. Die Straßen in den Dörfern verliefen rund, gebeugt, wie immer, als mache sie der ewig gleiche Gang so, um die Kirchen, um die Warften, um die Erhöhungen, auf denen die alten Häuser standen.

Und hier? Verbargen sich in den Häusern die Geschichten, die Ludwig als Zeugen mitgebracht zu haben schienen?

Unser Koog, so nennt man den Abschnitt des neu eingedeichten Landes, wurde nach seinem Financier, dem Eisenbahnbauer und Millionär Sönke Nissen, benannt.

Er stammte ursprünglich aus einem Nachbardorf. Er war Eisenbahningenieur geworden und hatte nach einiger Erfahrung im Bau von Bahnstrecken den Auftrag bekommen, in den deutschen Kolonien in Afrika die Schienenwege zu bauen.

Zuerst baute er die Usambara-Bahn in Deutsch-Ostafrika. Da hatte Ludwig ihn auch kennengelernt. »Sie zahlten mir einfach besser an Land als auf dem Meer«, sagte er immer wieder, immer im gleichen Singsang der gleiche Satz, immer wenn er davon erzählte.

Und dann hatte Nissen als Oberingenieur auch noch in Deutsch-Südwest eine Strecke bauen sollen. 1905 ging es los, kurz nach dem Hottentotten-Aufstand, den ich auch in der Schule hatte. Sie bauten über eine Strecke zwischen Lüderitz und Keetmannshoop. »Sand, Staub, so wenig Wasser, kann sich kein Mensch ausdenken«, pflegte Ludwig zu sagen und dann noch einmal nach seiner Tasse zu greifen, als wolle er den Durst von damals immer noch tilgen.

»140 Kilometer, auf 1400 Höhe rauf, Lüderitz, Burenkamp, Kolmannskuppe, Grasplatz, Haalenberg, Schkalskuppe und weiter bis nach Seeheim. Dann, der Ausbau«, Ludwig zeichnete meist mit dem Pfeifenstiel auf dem Küchentisch die Strecke, »weiter nach Keetmannshoop, Hoolog, Grabwasser, Grünau und nach Kalkfontein. Als sie dann den Stein, den Klippie, gesehen hatten, haben sie erstmal die Schnute gehalten«, sagte Ludwig immer über Nissen und seine Kollegen.

»Sie sicherten sich die Schürfrechte, wurden enorm reich und lösten einen Diamantenrausch in der Kolonie aus. Diamanten, die wurden auf den Knien eingesammelt, in Marmeladengläsern«, sagte Ludwig, und es klang nach Ekel, nicht nach Freude. »Diamanten, die liebte man dort nicht, man hasste sie. Oder vergötterte sie. Viele Männer blieben. Nissen nicht.«

Den Rest wusste ich aus der Schule und von meiner Mutter. Sönke Nissen bezahlte den neuen Deich und bekam das Recht, dem Koog seinen Namen zu geben, sowie sieben Höfe samt fruchtbarstem Land.

Er brachte ein Stück seiner neuen Heimat zurück in die alte. Er ließ sieben Gutshäuser im Stil der Farmen Namibias bauen, weiß und breit, und gab den Höfen Namen von Bahnstationen aus Deutsch-Südwest, die ihm soviel Glück gebracht hatten. Und da sind sie, wie Perlen auf einer Schnur, wie Stationen einer weiteren Bahn, die er gebaut haben könnte. Nur ins Wasser, das zu Land wurde, nicht durch den Sand, der zum Weg wurde: Elisabethbay, Lüderitzbucht, Kolmannskuppe, Seeheim, Grasplatz, Keetmannshoop, Kalkfontain.

Und eine weitere Laune des Herrn Nissen sollte weithin leuchten und tut dies bis heute: Die Dächer, verfügte er, die Dächer sollten alle in der Farbe des Dachs des Hamburger Michels gestrichen werden, in hellem Grün. Ludwig erzählte, dass zwei Handwerksmeister, der eine Maler, der andere Tischler, von dem noch zu sprechen sein wird, eigens nach Hamburg fuhren und auf den Kirchturm des Michels stiegen, um den richtigen Farbton des angelaufenen Kupferdaches zu bekommen.

Bevor noch der Koog fertig eingedeicht worden war, vor gut 20 Jahren, war Herr Nissen gestorben. Ludwig hatte er uns dagelassen. Ob mein Vater wohl einen guten Knecht brauchen könne? »Arbeit gibt's genug«, hatte mein Vater geantwortet.

Wir lebten auf unserem Hof wie auf unserem eigenen. Die Pacht wurde pünktlich bezahlt. Die Besitzerin, die Witwe Sönke Nissens, ließ sich nur selten sehen. Sie hatte wohl noch anderswo Besitz.

Immer wenn ich Angst bekam, hatte ich das Gefühl, meine Ohren wüchsen. Als ob mein Kopf ein wenig schrumpfte und die Ohren weiter ausgefahren würden. Wenn ich dann ganz stillhielt, konnte ich sie gut spüren, die Angst. Wenn es dunkel war, das machte mir nichts aus. Wenn der Sturm kam, die Flut hoch stieg, das schreckte mich nicht. Es war eher ein Sonntagmittagsgefühl von Einsamkeit. Wenn alle, auch Irene und Ludwig, meine Eltern, meine große Schwester, als sie noch bei uns lebte, zu Mittag schliefen. Wenn die Sonne die gute Stube warm machte, der Wind die Gardinen bewegte, dann konnte ich Angst kriegen. War ich als Einziger übrig? Waren die anderen tot?

Ich summte, singen wäre zu laut gewesen. Ich summte, schaffte es aber nicht, ein Lied oder nur eine Melodie zu fangen. Bis ich eine der drei Katzen sah, die auf ihrem Rundgang vorbeikam. Oder Scharik, den Hund, hörte, der sich von Fliegen ärgern ließ.

Manchmal träumte ich davon, dass ein Zug bei uns hielt. Ein dampfendes, rauchendes, rasselndes Ding, das am besten auch noch wahnwitzig laut pfiff. Es holte mich ab und fuhr auf gerader Strecke parallel zum Meer zum nächsten Hof, zur nächsten Station. Nach der siebten, Kalkfontain, pfiff der Zug erneut, ich beugte mich zum Fenster hinaus und hielt meinen Kopf in den Wind, sah drei, vier der Höfe noch hinter uns. Vor der Lokomotive aber lag leere, sandig-gelbe Strecke, von grauen Steinen bekörntes Land, die Luft war heiß, sie flimmerte. Und dann fuhr die Eisenbahn an.

Unser Koogsland war grün. Ich stellte mir manchmal vor, wie es von einem Flugzeug aus aussehen müsste. Grün, entschied ich. Natürlich. Auch die Dächer. Sie sollten wahrscheinlich wie Kupfer aussehen, das schon viele Jahre auf den wuchtigen weißen Häusern lag.

Sönke Nissen hatte diesem Ort nicht nur seine Erlebnisse mitgeben wollen durch die Bauweise der Häuser und die Namen, die in großen, schwarzen Buchstaben über den Eingangstüren standen. Er hatte ihnen auch eine Vergangenheit geben wollen. Ein bisschen Patina und Grünspan.

Und noch etwas ging mir mit den Jahren auf. Wir wohnten an einem Ort, der kein Punkt, sei er noch so groß, sondern eine Fläche war. Sönke-Nissen-Koog, das war unsere Adresse, aber es war eben doch nur die Summe der Höfe an den Feldern, ab und zu ein Haus an geradem Weg. Wie eine Gruppe von Inseln, die einen gemeinsamen Namen hatten.

Meine Schwester war erst im vergangenen Jahr ausgezogen. Ihr Mann, ein deutliches Hochdeutsch sprechender Düngemittelvertreter für den nördlichen Abschnitt, war mit ihr nach Elmshorn gezogen. Ich hatte mich, weil wir uns oft gestritten hatten, erst gefreut, dass sie ausgezogen war. Doch schon während der Hochzeitsfeier, die hier auf Elisabethbay gefeiert worden war, wurde mir der Triumph sauer.

Es war noch ein bisschen einsamer hier ohne sie. Zu ihr hatte ich gehen können, wenn ich abends noch etwas erzählen wollte. Sie konnte ich – neben Irene und Ludwig – etwas fragen, das ich meine Eltern nicht fragen wollte.

Sie schrieb regelmäßig. So regelmäßig, dass es uns allen auffiel, als die Briefe seltener kamen. Ich sollte sie, so war es an Weihnachten allgemein beschlossen worden, in den Sommerferien einmal besuchen. »Da hat der Junge doch Zeit, das kann er doch gut! Das ist doch auch für ihn interessant! Da wird er aber Augen machen, Euer Hannes, wirst Du doch sicher, was?«

Auf die konkrete Einladung wartete ich nicht mehr. Meine Mutter hatte das geplante und von allen Beteiligten für gut befundene Vorhaben bereits zweimal in ihren jüngsten Briefen angesprochen, aber keine Reaktion bekommen. Jeder Tag, an dem kein Brief mit einer Bestätigung kam, war mir deshalb recht. Meine Mutter dagegen, schon von beachtlichem körperlichen Umfang, hoffte immer noch, dass bald Post kam. Ebenso verabredet wie mein Besuch im großen Elmshorn war – Irene teilte mir auch das mit –, dass meine Schwester die Wochen vor und nach der Geburt hier bei uns sein sollte zur Unterstützung meiner Mutter.

4.

Ich hatte nichts verstanden. Besuch, ja gut, das kam vor. Ich fegte den Hof gemeinsam mit Ludwig, der aber nichts erzählen wollte, nicht einmal andeuten.

»Nun sag schon. Wer?«

Ludwig wandte sich mit seinem Besen immer wieder ab. Fand immer wieder neue Ecken und Kurven, die er fegen wollte. Ich hinterher.

»Ludwig, nun sag schon.«

Er räusperte sich: »Die Madame.«

Ich sah ihn fragend an. Er machte wieder ein paar Schwünge, sah sich dann um, ob mein Vater, der nicht nur mit mir streng war, uns nicht schwatzen sehen könnte.

»Die Madame, die Nissensche.«

Er fegte weiter, als wolle er die Zeit, die er mit den paar Worten vergeudet hatte, wieder einholen.

»Und was ist daran so besonders? Die kommt doch immer.«

»Im Herbst, nach der Ernte«, brummte Ludwig und wies mit dem Kopf auf das hochgelbe Feld gegenüber unserer Einfahrt.

»Und was ist jetzt?«

»Jetzt?«

»Sommer.«

Ich fegte ebenfalls ein paar Schwünge weiter, rätselnd, was seine Worte bedeuten könnten. Ludwig fegte sich an mich heran.

»Sie kommt nicht allein.« Er sah wieder zum Stall und zum Haus hinüber. »Bringt ihren Neuen mit. Den Schweden.«

Er sah mir ins Gesicht, nickte, als wolle er mein Begreifen damit anschubsen.

Und dann wurde er noch deutlicher: »Das heißt nichts Gutes, wenn die mit dem jetzt kommt. Die ist nett, ich kenn' die noch von früher, von Nissen. Aber ihren Neuen nicht. Wenn die man nicht alles verkaufen will!«

Mehr sagte er nicht. Doch bei jedem Besenstrich wuchs nun auch in mir die Sorge.

Mein Vater war ebenfalls zunehmend nervös, je näher der Tag rückte, an dem der hohe Besuch kommen sollte.

Mein Geburtstag rückte auch immer näher. Ich argwöhnte an manchem Abend, an dem ich in meiner Dachkammer nicht einschlafen konnte, dass die Babys oder der kommende Besuch mir vielleicht meinen 12. Geburtstag verderben könnten. Oder alles zusammen, man konnte schließlich nie wissen, wie lange so ein Besuch blieb. Die Madame war immer nur ein paar Tage geblieben, manchmal hatte sie ihren erwachsenen Sohn mitgebracht, der wie sein Vater auch Sönke hieß. Richtig viel hatte der nicht geredet, aber es war ihm anzumerken, dass er einen richtigen Bauernhof nicht so oft sah.

Er trug eine gerade, steife Mütze mit glänzendem Schirm. Kein Vergleich zu der schiefen, gekniffenen, die ich auf dem Kopf trug.

Beim zweiten Mal, als er mitkam, hatte er mich angelächelt. Ich konnte merken, wie sehr er sich freute, mich zu sehen. Vielleicht nur, weil ich auch ein Sohn war, noch ein Junge, und er sich mir verbundener fühlte als den anderen Großen.

Als ich noch ein wenig kleiner war, kriegte ich manches durcheinander, wie das so ist. Dass er nun hieß wie sein Vater, beeindruckte mich noch nicht weiter, dergleichen kam auch bei uns häufiger vor. Aber, dass Sönke Nissen hieß wie das Land, auf dem wir wohnten, war für mich schon schwerer zu begreifen. Wie ein Prinz oder der Sohn eines Edelmannes, der sein Reich, dass er verloren hatte, ab und zu besuchte.

Ich überlegte, ob er vielleicht, wenn er noch größer wäre, uns vertreiben und seinen Hof wieder in Besitz nehmen würde. Dazu aber sah er zu nett aus.

An dem Nachmittag, es mag vielleicht eine halbe Stunde lang gewesen sein, dass er bei mir draußen vor der Tür gewesen war, während seine Mutter drinnen mit meinem Vater sprach, kamen wir nicht recht zueinander. Er sagte ab und zu etwas, fragte. Ich antwortete mit ein, zwei Worten. So hatten wir nicht unglücklich, aber meistenteils ohne zu sprechen beieinander gesessen.

5.

Mein Vater ließ Ludwig eine Flagge am Mast hissen. Der stand vor dem Haus zwischen den Ulmen, überragte die noch jungen Bäume aber deutlich. Es war eigentlich eine Gardinenstange. Wir hatten auch einen richtigen Fahnenmast, aber den hatte noch niemand in die Erde gebracht in den Jahren, die wir hier wohnten. Die Gardinenstange war auch weiß, und solange die Ulmen sie noch nicht vollkommen verdeckten oder ihre Höhe erreicht hatten, dachte wohl auch niemand an den langen Mast an der Scheunenseite, der dort, damit er nicht vermoderte, auf drei Stapeln von inzwischen schon grün bewachsenen Backsteinen lag.

»Nicht unsere, Lud'n«, hatte mein Vater gesagt, nicht streng, fast kumpelig. »Die schwedische. Hat Irene aufgebügelt.«

Ludwig taperte die zwei Stufen zur Tür und kam mit der sorgsam gefalteten blauen Fahne mit dem gelben Kreuz wieder.

»Gut, und nun: Rauf damit! Höher rauf!«

Sie kamen am späten Vormittag. Piekfeine Limousine, Fähnchen vorne, wie unsere, nur viel kleiner.

Meine Eltern empfingen, Irene bediente, trug auf und lächelte aus ihrer weiß gestärkten Schürze. Überhaupt schien sie die Einzige zu sein, die bester Laune war und in keiner Weise aufgeregt. Die Madame und ihr Neuer waren da. Der Sohn, auf den ich mich schon gefreut hatte, fehlte.

Karlsson, der Chauffeur, aß bei uns in der Küche. Er lächelte höflich in die Runde.

Erst der Kaffee nach dem Essen, ein Glas Weinbrand, das Irene ihm einschenkte, und eine Zigarette, die Ludwig wo auch immer hergezaubert hatte, brachten ihn zum Reden.

»Sind seit Wochen unterwegs. London, Hamburg, Berlin, wieder Schweden. Fliegen, Schiff und Auto.« Er war, wie sich herausstellte, nicht nur der Chauffeur von Birger Dahlerus, des neuen Mannes der Nissenschen, sondern auch dessen ständiger Begleiter. Sein Herr war Industrieller. Hatte Kontakte in vielen Ländern, sprach mehrere Sprachen, wie Karlsson auch. Hatte Geld. Und wie sich herausstellte, hatte er einen Plan.

Ich verstand nichts von Politik. Ich hatte in der Schule die anderen Zigarettenbildchen tauschen sehen mit Panzern und Flugzeugen. Und ich hatte so manches Mal Irenes und Ludwigs Zwiegespräch mitbekommen, was nun werden würde. Krieg oder nicht? Aber was wusste ich? Nichts.

Herr Dahlerus wollte Großes erreichen. Im Nachhinein kommt es mir noch irrsinniger und vergeblicher vor, als es damals war. Er wollte nichts weniger als den Krieg verhindern, der vor uns aufzog.

6.

Hitlers Politik der Einverleibung verschiedener Gebiete, im Allgemeinen Salamitaktik genannt, hatte, wie bekannt, ganz Europa empört und erstaunt, mit Ausnahme einiger Deutscher. Karlsson erzählte, Dahlerus sei im Frühjahr auf Reisen in England gewesen.

Er war ein Mann von fünfzig Jahren und hatte, so erzählte es uns Karlsson, in mehreren Ländern gelebt. In Deutschland, in England. Er war dort Direktor mehrerer Fabriken gewesen. »Kugellager und so.« Karlsson lächelte aus seinem blassen, schmalen Gesicht. »Jetzt hat er aber eine eigene Fabrik in Schweden.«

Er habe Freunde in England besucht und über Geschäfte geredet, wie immer. Als er dann aber nach Deutschland zurückkehrte, wunderte er sich, dass man hier offenbar nicht recht von der Entschlossenheit der Briten wüsste: Krieg, wenn es so weiterginge, mit den Deutschen.

Wieder in Berlin, hatte Dahlerus, plauderte Karlsson im muntersten Deutsch, dem man nur manchmal das Angelernte anmerkte, den Kontakt zu Göring gesucht.

»Den kannte der Herr Dahlerus schon«, sagte Karlsson fast stolz. Er sprach immer, wenn er von seinem Herrn sprach von dem »Herrn Dahlerus«, voller Respekt und Zuneigung.

»Als die Frau Dahlerus noch Frau Nissen war ...«, er wartete, schaute nacheinander in unsere Gesichter, wohl um zu sehen, ob wir folgen konnten. »Es gab Probleme mit der Heirat und dem Geld. Frau Nissen sollte durch die Heirat alles Geld verlieren. Weil der Herr Dahlerus Schwede ist. Und da hat er sich an Göring gewandt.«

Später habe Göring Dahlerus wohl ebenso um einen Gefallen gebeten. Sein Stiefsohn Thomas arbeitete in Schweden, sei überhaupt Schwede, wie Görings verstorbene Frau auch. Der nun habe Hilfe benötigt bei einer Anstellung, und die habe der Herr Dahlerus gerne gewährt.

Karlsson war nett, ich mochte ihn. Wer ein bisschen verschlossener war, das war sein Chauffeurskollege Johansson, den ich wenig später auch noch kennenlernen durfte. Noch höher gewachsen, hatte immer Zigaretten, türkische, sagte er zumindest, knapp und kühl lächelnd, als ich ihn danach fragte. Rauchte sie mit schwarzer Spitze, was ihn noch länger zu machen schien.

Herr Dahlerus war ein grauer Mann, Anzug, Weste, goldene Uhr. Er trug seine Haare pomadisiert, wie das bei uns sonst nur der Mann von der Brandkasse tat. Oben war es noch schwarz, an den Seiten aber ebenfalls grau. Er trug rote Wangen zur Schau, blickte aus messenden Augen in die Welt und hatte ein angenehme Stimme.

»Der ist jedenfalls kein Bauer«, hatte Ludwig mir zugeraunt, als die Nissensche und er aus Karlssons Limousine gestiegen waren.

7.

Es dauerte lange, bis mein Vater mit unseren Gästen wieder auftauchte. Ausgerechnet in der Küche, was lautstarkes Kratzen und Knarzen von Schemel-, Bank- und Stuhlbeinen über den Steinfußboden zur Folge hatte. Alle waren aufgestanden.

Mein Vater hob beschwichtigend die Hände.

Herr Dahlerus und seine Frau standen erwartungsvoll hinter ihm. Sie nickte Ludwig zu, dem alten Bekannten.

»Irene, sag, wieviele Gäste könnten wir hier ohne Hilfe bewirten und unterbringen?«

Meinem Vater musste die Antwort klar gewesen sein. Nicht nur, weil er Irene nun einmal kannte und noch mehr unseren Hof.

Die Falschheit lag schon in seiner Frage, ich konnte es hören. So sprach er sonst nie, auch nicht mit Irene, die zweifellos von allen Bediensteten seine größte Achtung hatte.

»Zehn Gäste doch wohl, sicher auch mehr, wenn wir ein paar Tage zur Vorbereitung haben«, sagte Irene mit fester Stimme, die ein bisschen höher klang als sonst.

Mein Vater wandte sich um. »Wie ich schon sagte, hier finden Sie die allerbesten Voraussetzungen für ein Treffen vor. Wir können hier sogar weit mehr Gäste auf das Beste versorgen und bedienen. Dafür bürge ich!«

Mein Vater streckte mit ausladender Geste seine Hand zu Irene hin aus und machte in Richtung von Herrn Dahlerus eine kurze Verbeugung.

»Danke, Herr Bahnsen, das ist sehr wichtig. Wir wollen noch einmal mit uns überlegen.«

Wie Karlsson sprach auch Herr Dahlerus manchmal nicht mit falschen, aber in ungebräuchlichen Wortverbindungen, die sich umso mehr einprägten.

Sie verließen die Küche langsam. Gemurmel. Meine Mutter kam, als sie alle in der guten Stube verschwunden waren. Sie war ganz aufgeregt.

»Irene, Kaffee, Cognac, Zigarren, unverzüglich und vom Besten. Hier geht es um etwas ganz Großes. Los.«

Meine Mutter, die sonst gar nicht unpraktisch war und Arbeit in der Küche nicht nur vom Zuschauen kannte, lief ziellos einmal um den langen Tisch, um die Küche dann, ohne weiter etwas zu tun, wieder zu verlassen.

8.

Es sollte ein Treffen auf unserem Hof stattfinden. Ich durfte nichts wissen und war doch beteiligt bei all den Vorbereitungen. Mein Vater stockte mehrfach, wenn er mit meiner Mutter über das bevorstehende Ereignis sprach. Er brach ab und murmelte entweder »besprechen wir später«, oder er nickte meiner Mutter zu, die mir eine Bitte zuhauchte, ich möge ihr doch bitte, bitte ihre Stola, ihr kleines Adressbuch oder sonst etwas suchen oder holen, ich wäre doch so nett? Ich ging und versuchte, die Demütigung nicht zu sehr in mein Inneres sickern zu lassen.

Ich bekam dennoch genug mit. Ich hatte Irene und Ludwig und ich konnte gut zuhören. Was ich aber noch besser konnte, war, mich am Küchentisch unsichtbar zu machen. Ich konnte mit dem Küchenmesser noch und noch kleine und kleinere Stückchen aus den Kartoffelschalen schnitzen, aus den abgenippelten Bohnen kleine Türmchen stapeln, die alsbald wieder einstürzten.

Irene war aufgeregt, das gab es nicht so oft. Sie glich sich sonst in ihrer Ruhe dem Dampf des Kaffees an, der morgens von ihrer Tasse aufstieg. Für gewöhnlich. Nun aber war sie unruhig.

Ludwig strich ihr, was er sich und ihnen beiden nur selten am Tage und vor anderen, auch vor mir, kaum gestattete, sanft über den Arm und den Rücken. Er brummte dazu aufmunternd.

Mein Vater hatte nach einigen Tagen wohl eingesehen, dass er mich zumindest teilweise einweihen musste. Soviel wusste ich: Es sollten Herrschaften kommen. Aus dem Ausland.

»Schweden?«, fragte ich.

»Nein, von woanders«, war seine Antwort.

Ich wurde daraus nicht schlau. Aber sei's drum. Möbel wurden benötigt, denn sie sollten über Nacht bleiben.

»Zehn bis zwölf Gäste, Herren«, sagte mein Vater.

Betten, Stühle und ein großer Tisch, der in unserer Wohnstube aufgestellt werden sollte.

Karlsson würde in einigen Tagen noch einmal kommen, um uns zu helfen. Und wohl auch, um ein waches Auge darauf zu haben, ob alles im Sinne des Herrn Dahlerus lief. Ich sollte ihm keine unnötigen Fragen stellen und nicht durch Frechheiten die Lage erschweren. Dieser Zusatz kam von meiner Mutter, was mich besonders empörte. Denn sie formulierte es nicht, wie ich es angemessen gefunden hätte, wie eine Warnung, sondern wie eine Herzensbitte, die ich ihr nicht abschlagen könne.

Ihr Bauch war rund und ragte weit nach vorn.

9.

Karlsson kam an einem Freitag. Meinem Vater war telegrafiert worden.

Ob nun wieder die Flagge am kleinen Mast aufgezogen werden solle? Nein, entgegnete mein Vater, das sei wohl nicht nötig. Er hatte seinen schnarrenden, scharfen Tonfall abgelegt und sprach nachdenklich und gedämpft wie zu Komplizen.

Karlsson war lange ohne Pause gefahren, er sah müde aus. Er bedankte sich fast nach jedem Satz, den mein Vater oder Irene an ihn richteten. Er konnte in einem unserer Gästezimmer schlafen, das im Erdgeschoss lag.

Was er mit meinem Vater besprach, weiß ich nicht im Einzelnen. Es wird um bestimmte Voraussetzungen und Verabredungen gegangen sein, um Maßnahmen zur Vorsicht, um den Ablauf und was weiß ich noch.

An seinem zweiten Abend bei uns ging ich nach dem Abendbrot in die Küche. Ich hatte noch ein paar Minuten, bis mich jemand ins Bett schicken würde. Ich nutzte die Zeit sonst oft und ging zu Scharik nach draußen. Aber in diesen Tagen versuchte ich noch öfter, als ich es sonst schon tat, in der Küche etwas mitzukriegen von dem, was die Erwachsenen sprachen. Meine Eltern duldeten mich bei solchen Gesprächen nicht in ihrer Nähe. Meine Mutter, die stets um ein gutes Wort bemüht war, drückte mir sogar einmal das dicke Wilhelm-Busch-

Hausbuch in die Hand, das ich so gern hatte, und flüsterte mir zu, ich könne es mit in meine Kammer nehmen, ausnahmsweise.

Heute Abend ging ich in die Küche. Irene setzte ein Lächeln von den Augenbrauen bis zum Kinn in ihr Mondgesicht und nickte mir zu, Ludwig paffte, ich spürte es genau, eine Wolke in meine Richtung.

Karlsson saß wie schon bei seinem ersten Besuch mit Herrn Dahlerus mit den anderen zusammen. Er hatte seine blaue Uniformjacke abgelegt und rauchte eine Zigarette. Er deutete an, sich zu erheben, als er mich sah. Irene hob aber beruhigend die flache Hand und zog, ohne ein weiteres Wort zu sagen, den blauen Wollfaden nach, den sie mit zwei langen Nadeln verstrickte.

Ich holte mir den Hocker, stellte ihn neben den Armlehnstuhl, auf dem Ludwig saß, und nahm Platz.

»Ja, dieses Land ist gewonnen. Dem Meer abgetrotzt, über Jahrhunderte. Darauf, Herr Karlsson, sind die Menschen hier auch bannig stolz, nicht wahr, Hannes?«

Ich nickte mich in die laufende Unterhaltung hinein.

»Ein gewonnenes Land, das klingt, als habe man bei einem Glücksspiel gewonnen.« Karlsson hob den Bierhumpen zu einem Prosit in die Luft, wartete auf Ludwig, der es ihm nachtat, und suchte den Kontakt zu Irene, die ihre Nadeln wie mit gefesselten Händen mit einem Auflachen hob.

»Gewonnen. Ja, vielleicht ist das gar nicht so ein guter Begriff. Es war sicher ein Glück, aber ein Spiel war es nicht.«

Ludwig setzte sich ein wenig vor. »Ich werde Ihnen eine Geschichte erzählen, wenn Sie erlauben.«

Karlsson nickte zustimmend.

»Das Land, in dem ich früher gearbeitet habe, das war in diesem Sinne wirklich gewonnen, wie in einem Glücksspiel.« Ludwig genoss die fragenden Blicke Karlssons.

»Ich habe früher beim Eisenbahnbau in Deutsch-Südwest gearbeitet, müssen Sie wissen.«

Irene pustete hörbar in ihren Teebecher. Sie mochte es nicht, wenn sich Ludwig so spreizte. Schon gar nicht vor Fremden.

Karlsson fragte nach, wie es sich Ludwig gewünscht hatte. Der versenkte seinen Stopfer in der Pfeife und erzählte von früher. Diesmal nicht von den Diamanten, wie ich zunächst erwartet hatte.

»Der alte Lüderitz ist wenigstens dann noch ertrunken, haben die immer erzählt. Offiziell heißt es natürlich verschollen. Der war es, der das Gebiet Südwest für Deutschland ergaunerte.«

»Sie müssten mir, ich möchte Sie bitten, die Geschichte ganz erzählen, sonst bleiben Ihre Worte wie ein Rätsel.« Karlsson lachte ein warmes Lachen. Ludwig guckte einen Moment lang gespielt erstaunt, deutete eine Verbeugung an als Zeichen, dass es ihm recht sei. Karlsson wiederum zeigte seine Handflächen, als Zeichen, dass er bereit sei.

Ich machte mich so unsichtbar wie möglich, denn ich fürchtete, bemerkt und weggeschickt zu werden.

»Die Deutschen hatten ja lange keine Kolonien gewollt. Aber Geschäfte machen, dass wollten sie dann doch. Da war also dieser tüchtige Geschäftsmann aus Bremen, Adolf Lüderitz mit Namen ...« Ludwig machte eine Pause, um zu sehen, ob wir, besonders Karlsson, noch folgten. Taten wir.

»Der kriegte einen Tipp, dass da unten noch ein Stück Land quasi ohne Besitzer war. Oder nur bewohnt von den Hottentotten.«

»Und das war das spätere Deutsch-Südwest-Afrika.« Es war aus mir herausgeplatzt. Nichts, das ich beabsichtigt hätte. Ich wollte nur, dass Ludwig endlich weitererzählte.

»Ja, pass auf. Lüderitz machte einen Vertrag mit den Hottentotten. Mit dem Häuptling. Dass er ihnen soundso viele Meilen abkaufte. Für ein paar hundert Kröten und ein paar hundert Gewehre. Dazu schenkte er den Hottentotten noch ein paar bunte Gardeuniformen. Nicht viele, nur für die Häuptlinge und Unterhäuptlinge. Und jetzt kommt es.« Ludwig beugte sich noch ein wenig vor, damit wir auch alle zuhörten, was wir längst gespannt taten.

»Der Trick an der Sache war: Er ließ offen, ob er mit den im Vertrag gemeinten Meilen nun deutsche oder englische meinte.«

»Wo liegt der Unterschied?«, fragte Karlsson.

»Die englische bedeutet eintausendachthundert Meter, die deutsche siebentausendfünfhundert.«

»Er hat ihn getäuscht.«
»Ja, er hat ihn über's Ohr gehauen.«
»Über's Ohr?«
In der Tür stand meine Mutter. »Hannes!«

10.

Es war wiederum zwei Tage später, da gestand ich mir ein, dass Karlsson mich störte. Er war da, das genügte. Ich merkte seine Anwesenheit jede Stunde. Nicht nur, weil ich dann und wann das Zimmer verlassen musste, weil sich die Erwachsenen unterhalten wollten, ohne dass ich zuhören durfte. Damit kam ich zurecht.

Aber er war einfach überall. Bei meiner Mutter, höflich, zurückhaltend, zuvorkommend, bei meinem Vater, höflich, aber bestimmt. Die beiden maßen sich. Meinem Vater konnte ich es an der Stirnfalte ablesen, dass er sich seine Freundlichkeit manches Mal abrang. Und Ludwig und Irene waren auch mit Beschlag belegt. Zumindest so oft, dass es mich störte.

Ich ging mehr und mehr allein hinaus. Zu den Ziegen. Fütterte die Hühner aus Zeitvertreib, obwohl Irene das schon gemacht hatte. Ärgerte Scharik, dass er bellend an seiner Kette zog.

Ich setzte mich öfter als sonst hinter das Haus. Hier liefen manchmal die Schafe, wenn das Gras aber kurz genug war, war hier der Wäscheplatz.

Ganz am Rand, vor dem Graben, der unser Grundstück zum Kornfeld dahinter begrenzte, war mein Platz. Ein schmaler Tisch, auf zwei wacklige Beine genagelt. Die hielten die Platte auf der einen Seite, ein hüfthoch stehener Baumstumpf auf der anderen. Ludwig hatte den Tisch einmal gebaut. Ihn habe der abgeschlagene Baum gereizt, hatte er mir erklärt.

Meinen Vater interessierte nicht, was in diesem Teil des Grundstücks geschah, meine Mutter übersah das Tischchen ebenfalls. Und Irene? Die hängte, wann immer sich eine Gelegenheit dazu bot, große Laken, Bettbezüge, Tischdecken oder etwas ähnlich Großes auf die Leine, was das Tischchen zum Haus hin abschirmte. Hier konnte man allein sein.

Ich hatte mich oft an diesen Platz gesetzt und mein Notizbuch herausgenommen. Es war ein Taschenkalender meines Vaters. Zwölf Jahre alt, fast unbeschrieben. Nur der Name meines Vaters stand in kleiner, schöner Schrift vorn drin. Dazu einige Nummern und Abkürzungen in den ersten drei Monaten. Der Rest war freigeblieben.

Ich arbeitete das nach. Ich malte, skizzierte. Pauste Umrisse einer Muschel ab, machte Bleistiftzeichnungen von seltenen Federn, die ich am Spülsaum gefunden hatte. Wie ein Südseeforscher, der einer neu entdeckten oder seltenen Spezies auf der Spur ist.

Ich schrieb auch dann und wann etwas hinein, vermerkte, wann ich auf dem Michaelimarkt gewesen war und was für ein Glück ich an der Losbude gehabt hatte: ein kleines Modellschiff!

Und auch sonst war das Notizbuch unverzichtbar und wunderbar.

Ich holte es mir manchmal schon vor dem Mittagessen aus meiner Kammer, dazu den kleinen Bleistift mit der silbernen Kappe, die die Spitze schonen sollte. Sie war aus Blech, glänzte aber silbern. Das war ein Geschenk meiner großen Schwester gewesen, als ich ein Jahr in der Schule war. Sie war der Meinung, nun sei ich alt genug für so ein Geschenk.

Während des Essens verbarg ich das kleine, biegsame Notizbuch in meinem Strumpf. Niemand hatte je etwas gemerkt.

Und wenn sich dann alle, vor allem am Sonntag, zur Mittagsstunde hinlegten, verschwand ich nach einer angemessenen Wartezeit auf meinen Platz.

Sieben Bäume standen vor ihm. Sieben noch schmale, sich im Westwind biegende Stämme, grüne Kronen, nur einige ein bisschen höher als ich. Auch die Bäume waren noch jung, so jung wie das Land.

Heute saß er dort. Karlsson. Er hockte breit mit den Beinen auf verschiedenen Seiten, bemerkte mich sofort und winkte mir freundlich zu. Alle hatten sich zurückgezogen. Ich war erst am Vormittag hier gewesen, ich wollte zurückkehren an meinen Arbeitsplatz.

Karlsson hatte sich einen gläsernen Aschenbecher mit nach draußen genommen. Er fuhr sich mit der

Hand über seine kurzen, blonden Haare. Er rauchte und winkte mir lächelnd zu, dass ich zu ihm kommen solle. Ich stand noch immer wie angenagelt vor der Hintertür.

Dann ging ich und spürte mein Notizbuch an meiner Wade schlackern.

»Hast Du vielleicht einen Bleistift?«

»Wie bitte?«

»Kannst Du mir vielleicht einen Bleistift besorgen. Ich möchte gern hier«, er wies auf einen großen Bogen Papier, der vor ihm lag, »ein paar Aufschreibungen machen.«

Das Papier war breiter als der Tisch und hing vorn und hinten hinunter.

»Kannst Du?«

»Ja, ich habe einen.«

»Gut.« Karlsson blies den Rauch in sein grinsendes Gesicht, der Wind fegte ihn sogleich wieder fort.

Ich trat an ihn heran, nahm mein Notizbuch aus dem Strumpf, dann den mittellangen Bleistift aus der Lasche des Buchumschlages.

»Danke. Gutes Versteck.«

Eine Antwort schaffte ich nicht, nahm aber mein Entgegenkommen als selbsterteilte Erlaubnis, Karlsson zuzuschauen, was er nun machen würde.

Mit kurzen, geschickten Strichen zeichnete er. Grundrisse, verstand ich später. Die verschiedenen Räume unseres Hauses, die Stockwerke mit den Kammern, die große Diele unten, die gute Stube.

Auch meine Kammer zeichnete er ein. Und dann schrieb er mit leichter Hand und dem Bleistift zwischen den Fingern Nummern in die Zimmer und Kammern. Gast 1, Gast 2 und so weiter.

Er zeichnete eine lange Tafel in die Diele. Stühle. Machte einen Pfeil an die Seite, um eine Art Legende anzulegen, schrieb Zahlen und an manchen Stellen Fragezeichen dahinter.

Das war sein Arbeitsplan. Wer immer sich bei uns treffen sollte, so würde es aussehen.

Karlsson wandte sich an mich. »Dürfen wir Dein Zimmer ausleihen?«

Ich musste grinsen und nickte dann.

»Das ist gut. Das ist sehr gut.«

Karlsson arbeite konzentriert weiter und richtete dann und wann eine Frage an mich. Freundlich, aber ernst, warm im Tonfall, aber konzentriert: »Habt Ihr noch Stühle woanders?« – »Gibt es einen Vorratskeller?« – »Mögen die Deutschen eigentlich schwedisches Essen?« – und manche mehr.

Ich antwortete, so gut ich konnte. Meist juckte es mich, ihm gleichfalls eine Frage zu stellen, und manches Mal hielt ich mich nicht zurück.

»Wer trifft sich bei uns?«

»Das ist geheim.«

»Und Sie, Sie sind auch im Geheimen hier?«

»Ja. Gewissermaßen. Das bin ich wohl.«

»Nicht für mich.«

»Das stimmt, bist ein kluger Junge.« Karlsson nahm noch eine Zigarette aus seiner schwedischen

Packung und steckte sie routiniert mit einem Streichholz an.

»Darf ich die mal sehen?«

»Die Streichhölzer oder die Zigaretten?«

»Beides, bitte.« Ich wurde ein wenig rot. »Ich will mir nur die Packungen ansehen. Sind doch aus Schweden.«

Karlsson lachte, kriegte sich aber taktvoll zügig wieder in den Griff und reichte mir beides aus seiner Jackentasche.

»Kennst Du den Göring?«

»Wen?«

»Hermann Göring.«

»Ja, schon.«

»Sprecht Ihr zu Hause oft über ihn. Oder über Hitler?«

»Nicht so oft.« Ich fühlte mich ein wenig in den Nebel geführt. Mehr würde ich nicht sagen.

Aber Karlsson wollte mich gar nicht in erster Linie aushorchen. »Das ist so geheim, dass es nicht einmal die wichtigsten Menschen wissen, die ich kenne.«

»Was?«

»Das, was ich Dir jetzt erzählen werde. Aber nur, wenn Du es nicht weitererzählst.«

Ich schwieg. Was war hier los? Ein Treffen? Was meinte dieser grinsende, blonde Chauffeur? Karlsson schien meine Verwirrung zu bemerken.

»Ich will jemanden um Rat fragen, weißt Du. Ich habe eine wichtige und ernste Sache zu erledigen.

Und mir wäre wohler, wenn ich manches einmal erzählen könnte.«

Ich nickte, war mir aber immer noch nicht sicher, ob ich ihm vertrauen konnte.

Karlsson tippte mit meinem Bleistift auf den Plan. »Meinst Du, Göring könnte hier sitzen. Oder ist es besser, er sitzt mit dem Rücken zum Fenster?«

»Kommt er alleine?«

»Nein, er wird sicher ein paar seine Adjutanten mitbringen. Wahrscheinlich zwei. Sonst niemanden. Sie werden aber nicht direkt mit an der Tafel sitzen. Das würde bei den anderen Gästen sicher nicht positiv ankommen.«

»Nicht gut. Nicht gut ankommen.«

Karlsson blickte fragend, dann begriff er. »Gut ankommen. Richtig!«

11.

Am nächsten Tag fuhren wir nach Bredstedt, der nächstgelegenen Stadt. Ohne Karlsson, der sich nicht ohne Grund in der Öffentlichkeit sehen lassen wollte, und sei es nur die der kleinen Nachbarstadt.

Es war Markttag. Viele Bauern und Händler waren vor Ort. Ludwig hatte angespannt und einige Ferkel eingefangen. Wir wollten sie verkaufen, vor allem aber die zusätzlichen Möbel besorgen.

Ich liebte das Menschengeschlängel an den Ständen entlang, das Gedränge an den vielen Käfigen mit Kaninchen, mit Hühnern und Enten, die holzgrauen Gemüsestände, die rufenden Verkäufer, die Knechte in den Lederschürzen, die Pferde, die gestriegelt und gekämmt ihren Besitzer wechseln sollten.

Wenn die Bauern, wie wir es waren, in die Stadt kamen, dann, das wussten die Händler, hatten sie Geld in der Tasche.

Die Ersten saßen schon bei Köm und Bier im Utspann und beruhigten ihre Nerven nach guten Einkünften oder guten Einkäufen. Die anderen gingen noch von Stand zu Stand, tauschten Neuigkeiten aus, heuchelten Interesse oder Langeweile.

Mein Vater überließ es Ludwig, die Ferkel loszuwerden. Bei Lichte besehen, hätte er ihretwegen nicht einmal herzukommen brauchen. Er ging mit mir im Schlepptau über den Markt, hob hier seine Mütze, warf dort jemandem ein Scherzwort zu, um sich dann in Richtung des von ihm angestrebten Möbelgeschäftes zu begeben. Er bat mich mitzukommen.

Mein Vater wirkte noch größer als sonst, sein knapper brauner Haarkranz stand ein wenig aufgeregt unter der Mütze hervor, er kniff die Augen zu, als wolle er sich sammeln.

Dann betraten wir den Laden.

»Guten Tag.«

»Guten Tag. Ach, Herr Bahnsen. Und der Junge. Hannes? Richtig. Ja. Aus Kindern werden Leute. Wir haben ja auch. Ja, auch zwei Jungs und dann noch drei Mädchen, ja, was soll man machen. Womit kann ich dienen?«

Der Mann, der uns begrüßte, nachdem er von einem jungem Mädchen geholt worden war, zeigte seine Goldzähne in der Mundhöhle. Er war rundlich und beinahe kahl. Er trug eine runde, silberne Brille. Auch seine Hände waren rund, kugelige Fäuste oder halboffene Handteller, die in halben Bögen beim Reden bald so herum und bald so herum durch die Luft kreisten.

Mein Vater stürzte sich in die Fluten des Wortschwalls und gab, ihn unterbrechend, zu Protokoll, dass er Gäste erwarte. Ja, von dem Schweden, der Herr Verkäufer habe doch sicher gehört, dass jetzt ein Schwede, also der Neue der Witwe Elisabeth Nissen, ja, richtig …

»Und wieviele?«

Mein Vater sagte zwölf. Im Stillen verglich ich die Zahl mit dem Plan, den ich gesehen hatte.

Der Verkäufer machte eine einladende Handbewegung und führte uns in seine hinteren Räume. Die standen voll mit Tischchen, Sesseln, Schirmständern, Garderobenschränken, Spiegeln und tausend anderen kleinen Möbeln. Und schließlich auch mit Stühlen. Mit und ohne Armlehnen, einige mit Polster, andere mit geschwungenem Holz an Beinen und Rückenlehne.

Mein Vater nahm seinen Hut nervös in die andere Hand, blickte sich um, ob nicht auch die junge Verkäuferin, die uns zuerst begrüßt hatte, in der Nähe war. Mein Vater beugte sich ein wenig zu dem rundlichen Herrn hinunter und flüsterte ihm etwas zu.

Der nickte. Immer wieder, hielt inne, um weiter zuzuhören, und brach dann das Flüstern mit dem Ausruf: »Selbstverständlich. Aber natürlich. Sie können sich ganz auf uns … Wollen mal sehen, wieviele wir hier haben.«

Mein Vater hustete nach der Flüsterei und machte seinen Rücken wieder gerade. Jetzt war er wieder ganz der Großbauer von Format, der er auch sonst war. Er strich sich leicht und gemessen über den Rock.

Der Verkäufer rief kurz in die Werkstatt, zwei Gesellen in blauen Schürzen erschienen und trugen acht Armlehnstühle, die der Meister abgezählt hatte, nach hinten weg. Die fehlenden sollten bestellt und bald nachgeliefert werden.

Ludwig sollte gleich nach hinten fahren und an der Ecke hinter der Werkstatt halten, damit die Stühle aufgeladen werden konnten.

Wir wurden nach hinten gebeten. Die Frau des Möbelhändlers grüßte, mein Vater und ich grüßten zurück. Zwei kleine Mädchen in gleichen Kleidern und mit gleichen Zöpfen sprangen im Hof.

12.

Ludwig erschien mit dem Wagen und ich war platt. Er hatte mir nichts davon gesagt, dass er soviel einkaufen sollte. Das tat er nie. Vor allem dann nicht, wenn es Einkäufe auf dem Markt waren, und ungewöhnliche dazu.

Auf der Pritsche standen ein Holzkäfig, dazu ein Sack Zwiebeln und eine große, ausladende Blume, die ich nicht kannte.

»Und immer hinauf, meine Herren.« Ludwig war noch nicht abgestiegen, als er dies zu den Gesellen sagte, die die Stühle in Decken gewickelt auf den Wagen luden. »Moj Klip!«, Ludwig zwinkerte mir zu. Ich grinste zurück und versuchte meine Ahnungslosigkeit zu verbergen.

Ludwig und die beiden Gesellen unter seiner Anleitung stellten und steckten die Stühle so zwischen die Säcke und Käfige, dass von außen beinahe nichts zu sehen war.

»Und der Junge bekommt jetzt noch eine neue Matratze.« Mein Vater sagte es laut zu dem Möbelhändler, dass der beinahe eingeschüchtert die Hände hob. Ich wusste, die Lautstärke hatte mir gegolten, ich sollte bloß nicht auf die Idee kommen, jetzt womöglich nach dem Grund zu fragen.

Mir wurde er innerhalb der nächsten Stunde klar. Die beschürzten Gesellen stapelten und verkeilten die in graue Decken eingewickelten Stühle auf unserem Wagen. Die dreiteilige, blaugemusterte neue

Matratze leistete dabei gute Dienste, bildete sie doch dreimal die erhöhte Außenkante, hinter der die Stühle verschwanden.

»Und nun noch der Junge.« Mein Vater wollte mich offenbar ebenfalls verladen lassen. Ich stand reglos auf dem Hof und suchte erst seinen, dann Ludwigs Blick.

»Herr Bahnsen, Herr Bahnsen.« Der Verkäufer, Ladeninhaber und Möbelhändler, der gerade das Geschäft seines Lebens gemacht hatte, kam näher. Er sprach anerkennend mit singender Stimme und zeigte seine Goldzähne. »Sie haben wohl wirklich an alles gedacht!«

Mein Vater ließ Milde über sein Gesicht huschen, dann wehrte er gespielt ab.

Ludwig trat an mich heran. »War meine Idee, Hannes. Ist nichts Schlimmes. Nur ein bisschen Schau, das geht schon in Ordnung.«

Er schob mich sanft zum Wagen und half mir beim Einsteigen. Ich setzte mich auf einen liegenden Wolldeckenstuhl, vor mir seitlich und hochkant die Matratze.

»Einfach hinsetzen und das hier in die Hand nehmen.«

Er gab mir die merkwürdige, große Topfblume. Ich setzte sie ab, ich hatte nicht erwartet, dass der Topf mit dem ausladenden, stacheligen Grün so schwer sein würde.

»Das ist eine Strelitze.«

»Aha.«

»Die ist aus Afrika. Eigentlich.« Ludwig lächelte aufgekratzt.

»Und was soll das?«

»Ablenken soll das.«

Und das tat es auch. Es waren nicht viele Kinder oder Erwachsene, die überhaupt von uns Notiz nahmen an diesem Markttag. Ein paar aber unterbrachen doch ihr Hüpfen oder ihr Fußballspiel, allein schon, weil wir mit unserem Wagen durch wollten. Einige rannten johlend in kurzen Hosen oder wehenden Kleidchen hinter uns her, wie das die Stadtkinder immer taten, wenn die Gespanne der Bauern die Stadt verließen.

»Was habt ihr? Was habt ihr gekauft?«, schallten die atemlosen Schreie hinterm Wagen, von dem ich die Beine baumeln ließ, die Riesenpflanze auf den Knien.

»Das hier.«

»Was ist das?«

»Eine Riesenzauberblume. Die fängt Euch, macht aus Euch kleine Koogsbauernkinder.« Mir machten der Auftritt und der Abgang aus der kleinen Stadt mehr Spaß, als ich zuerst gedacht hatte.

»Iih! Nee, das will ich nicht. Der hat eine Zauberblume. Guck mal, die hat richtige Arme. Mit Stacheln!«

Die Kinder stoppten ihren Lauf und zeigten weiter auf das Biest auf meinem Schoß, eins machte die Pflanze nach, wie sie sich ein Kind schnappte. Es brüllte ein herrliches Kinderbrüllen, die anderen kreischten vor Vergnügen. Ich musste lachen und von vorne hörte ich auch Ludwig kichern. Mein Vater drehte sich anerkennend lächelnd zu mir um.

13.

Karlsson saß am frühen Abend wieder an meinem Platz. Vielleicht hatte er nicht direkt auf mich gewartet, aber er freute sich doch, mich zu sehen.

Er hatte wieder seinen großen Plan vor sich. Die Zimmer hatte er mit Namen bestückt, die Liste am Rand war länger geworden, einige Wörter waren bereits wieder durchgestrichen. Diese Punkte waren offenbar erledigt.

»Es kommt ein richtiger Lord. Habe ich das schon erzählt?«

»Nein.«

»Ein richtiger Adliger, der ist vielleicht sogar mit dem König verwandt, dem englischen.«

Ich war nur ein bisschen beeindruckt.

»Wie kommt er her?«

»Na, nicht mit einer goldenen Kutsche, wenn Du das meinst.« Karlsson lachte auf. »Wir spielen ein bisschen Verstecken mit ihnen, den Besuchern. Weißt Du, das ist ja so mit geheimen Sachen, ein bisschen wie Versteckspielen.«

Ich nickte. Karlsson rauchte einige Züge und war sich offenbar unsicher, ob er mir noch mehr erzählen sollte.

»Herr Dahlerus war auch schon bei einem anderen Lord. Lord Halifax.«

Ich musste lachen. Karlsson stimmte ein und sagte noch einige Male »Halifax, Halifax«, bis wir uns beruhigten.

Es begann plötzlich zu regnen. Vereinzelt fielen dicke Tropfen vom Himmel. Karlsson rollte seinen Plan ein und versuchte ihn mit der Jacke zu schützen. Ich hatte die grauen Wolkenknäule nicht bemerkt, die der Westwind vom Meer hergeschoben hatte. Ich stand auf. Glühend zeichnete sich der rötliche Himmel unter den dunkelgrauen Wolken ab. Der Deich versperrte den Blick auf den Horizont, es musste ein schöner Anblick auf das Wasser sein.

Karlsson erhob sich ebenfalls. Er nahm die Zigarette aus dem Mund. »Ist ein schönes Land, mein kleiner Freund. Ist so dicht am Meer.«

Ich schwieg und roch den Zigarettenqualm, versuchte ihn aus dem Wind heraus zu atmen.

»Gab es schon einmal eine Flut bis hier?«

Ich verneinte. Hohes Wasser, das schon, aber keine Sturmflut, obwohl die Leute hier sagten, dass alle 20 bis 30 Jahre eine käme.

Neue Zigarette, zurück zum anderen Thema.

»Sie reisen auf verschiedenen Wegen an. Die Herren. Erst einmal nach Hamburg. Einige mit dem Schiff und dann noch mit dem Zug. Andere direkt mit dem Schiff. Immer verschieden. Und dann wohnen sie noch in verschiedenen Hotels in Hamburg.«

»Wieviele sind es?«

»Hatte ich Dir das schon erzählt?«

Ich zuckte mit den Schultern.

»Es sind sieben.«

»Und wohnen sie in sieben verschiedenen Hotels?«

Karlsson lachte. »Nein, nur in zwei. Im Atlantik und im Vier Jahreszeiten.«

»Gibt es nicht mehr in Hamburg?«

Karlsson erstickte ein weiteres Auflachen hinter seiner Zigarette. »Doch, doch. Aber es sind sehr große Hotels, weißt Du. Da fällt man nicht so schnell auf.«

»Wie kommen sie hierher?«

»Ich hole sie. Und Johansson die anderen.«

»Johansson?«

»Mein Kollege.«

14.

Die Wolken zogen den Himmel wie ein Vorhang langsam zu. Meine Eltern ließen mich noch ein wenig wach bleiben. Ich ging, schon gewaschen und im Schlafanzug, in die Küche, wo Ludwig, Irene und Karlsson wieder im Halbrund beieinander saßen. Karlsson freute sich, mich zu sehen, und rückte seinen Stuhl beiseite, damit ich mit dem Hocker Platz hatte. Irene gab mir ihren Schal, damit ich nicht fror.

»Und was passierte, als man die Diamanten gefunden hatte?« Ich war gerade richtig gekommen.

»Eine Stadt wuchs mitten im Sand. Gemauerte, deutsche Häuser. Ein Ballsaal, ein Kinotheater, ein richtiges Theater, Gastwirtschaften, eine mit einer Kegelbahn, eine Schule, ein Krankenhaus. Ich war sogar in dem Turnverein. Wir schoben dann immer die Tische im Festsaal beiseite. Die Unterkünfte waren so voll, dass jedes Bett zweimal vermietet wurde. Eines für nachts, eines für tagsüber.«

»Ludwig.« Irene hatte ihre Stricknadeln gesenkt. Sie schüttelte den Kopf, halb amüsiert, halb missbilligend.

»Es stimmt. Ich habe das sonst nur noch nicht erzählt.«

»Und wie wurden die Diamanten aufgeteilt? Es muss doch viel Streit gegeben haben.«

»Man brauchte einen Schürfschein. Hier ist das Land von Schürfschein Nummer 38. Dann stellte man einen Schürfpfahl in der Mitte auf. So«, Ludwig machte die Bewegung, als stelle er einen Pfahl in die Erde, »und da im Umkreis von zwei Kilometern, also auch Abstand zu den anderen Gebieten, die durch einen Schürfschein belegt waren. Das wurde streng kontrolliert, kann man sich ja vorstellen. Und später, im September, kam der Sperrerlass. Die erworbenen Schürfscheine liefen aus, die Kolonialgesellschaft hatte alles im Griff, das Gebiet ging jetzt an die eingetragenen Gesellschaften und Syndikate.«

Ich rührte mich nicht. Ludwig stand auf. Hatte er keine Lust mehr, weiter zu erzählen? Er ging von den Stühlen hinüber zum Tisch. Stellte eine Tasse an den Rand, eine in die Mitte und sagte: »Hier. Hier direkt, 16 Kilometer hinter Lüderitzbucht, da ist der erste Stein gefunden worden. Hier«, er stellte einen Salzstreuer, der noch auf dem Tisch stand, ein Stück weiter, »hier ist Kolmannskuppe. Die neue Stadt. Wir kriegten alles dahin. Mit Eseln. Mit Wagen. Nachher gab es auch Leitungen. Strom und Waschwasser für die Klippies, die Diamanten. Und hier, zu den Diamantenfeldern, die sind hier«, er strich noch ein wenig weiter über den Tisch. »Zu den Diamantenfeldern, da wurde auch eine Bahn gebaut. Die wurde erst auch von Tieren gezogen auf den Schienen. Und dann kamen sogar kleine Loks.«

»Und Sie? Sie haben nichts abbekommen? Von den Diamanten?«

»Haben viele nicht.« Ludwig stellte die Tassen hörbarer als nötig wieder ineinander.

Karlsson nahm wie so oft eine seiner Zigaretten aus dem Etui, steckte sie sich ins Gesicht, nahm sie dann aber wieder heraus und lächelte. »Sie haben die Bahn weitergebaut?«

Ludwig reichte Karlsson ein angerissenes Streichholz. »Das habe ich wohl. Gegen die Hottentotten, den Sand, die Hitze. Eine Bahn ins Nichts«, Ludwigs Stimme begann zu singen, er starrte halb träumend auf einen Punkt, »da fragt man sich schon manchmal, warum.«

»Und warum?« Ich konnte es nicht lassen.

»Die Hottentotten, weißt Du«, Ludwig setzte seine Füße herüber auf die Sprosse meines Hockers, »die waren nicht doof. Die wollten uns wieder weghaben. Dabei haben wir denen Arbeit gegeben. Die Bahn sollte gebaut werden, um an das Hinterland heranzukommen. Zur Versorgung. Damit die Truppen schneller da sein konnten, wenn die Hottentotten mal wieder … Viele haben für uns geschuftet.« Er nebelte sein Gesicht mit Pfeifenqualm ein. »Und viele sind auch gestorben. Weg haben wollten die uns schon.«

»Wegen des Schwindels?«, fragte Karlsson.

»Einfach, weil wir da waren, glaube ich.«

15.

Die restlichen Möbel wurden einige Tage später mit einem blaugrauen Pritschenwagen geliefert, hoch beladen und fest geschnürt. Hinten drauf eine Reihe von vier breiten Armlehnstühlen, braunes, glänzendes Holz. Und ein langer Tisch.

»Wo sollen die rein?«, fragte Max, der so alt war wie ich. Der Möbelhändlerssohn lachte viel, guckte lustig, wir kannten uns ein bisschen. Wie man sich eben so kannte, wenn man gleichaltrig ist, nicht Tür an Tür wohnt, aber doch in der Nähe. Er hatte graue, kurze Hosen an und stürmte die Stufen zur Eingangstür hoch. Irene kam von hinten herum.

»Nee, nee, junger Mann, nicht so flott. Hinten rein!«, ermahnte sie ihn.

Schon war Max wieder auf dem Wagen, balancierte an der Seite, band die Stühle los. Sein Vater hielt einen Zettel in der Hand. Der Möbelhändler nahm seine Mütze ab, gab Irene die Hand und sagte seinen Namen. Er machte ein würdiges Gesicht, schien mir. Wusste er inzwischen, für wen er die Stühle lieferte? Wieviel hatte mein Vater ihm neulich erzählt?

»Peter, komm raus.« Max rief seinen kleinen Bruder, der bis eben noch im Auto gesessen hatte. Er guckte schüchtern umher, nickte mir zu und lächelte. Er holte langsam sein Taschenmesser aus der Hose, klappte die dunkle, abgewetzte Klinge bedächtig auf.

»Ich wünsch mir auch eins. Zum Geburtstag«, sagte ich und trat an ihn heran. Er, der Jüngere, war mir lieber als der andere.

»Ich hatte auch gerade«, sagte er und lächelte wieder. Mir fiel auf, dass wir alle die gleiche Frisur trugen. Glatze mit Vorgarten, nannte es Irene. Stoppeln, bis auf ein bisschen Seitenscheitel vorne. Peter war barfuß im Gegensatz zu seinem Bruder.

»Gib schon, Peter«, zischte Max ungeduldig, der mit den Knoten an der Seite noch nicht weitergekommen war.

»Hier.« Peter reichte Max sein Messer und wandte sich wieder mir zu.

»Großer Tisch. Habt Ihr Platz?«

»Ja, in der Stube. Ist schon umgeräumt. Besuch kommt ja jetzt bald.«

»Hm«, Peter wies mit dem Kopf auf meine schwarze Pfeife, deren Kopf aus meiner Hosentasche guckte.

»Darfst Du?«, fragte er neidisch.

»Hm«, machte ich, wobei es mir ein bisschen peinlich war. Weil er dachte, die Tabakspfeife sei echt und ich schon ein so großer Junge, dass ich rauchen durfte und nicht nur heimlich paffen. Und weil ich mich eigentlich schon zu alt dafür fand, mit einem Spielzeug die großen Leute nachzumachen. Ich trug sie aus Gewohnheit bei mir, vor allem, wenn ich mit Ludwig allein unterwegs war.

Die Stühle wurden zuerst abgeladen, dann der Tisch. Ludwig wurde gerufen, der Möbelhändler nahm seine runde, silberne Brille ab und wischte sich den Schweiß mit seinem großen hellblauen Taschentusch vom Gesicht. Er nickte Ludwig freundlich zu.

»Gut gefrühstückt?«

»Mein' doch.«

»Na.«

Peter, Max und ich machten zunächst Anstalten, ebenfalls den Tisch mit anzufassen, zogen dann aber nach einem unmissverständlichen Zischen des Möbelhändlers unsere Hände zurück.

Der riesige Tisch war rund, die Platte zweigeteilt. Der Hintereingang erwies sich als zu klein, beide

Männer, schnaufend, hievten die Platte hochkant zurück zur Haustür.

»Absetzen?«

»Nö, Nö!«, brachte Ludwig hervor, doch ich konnte ihm ansehen, dass er nicht mehr lange konnte.

Erste Stufe, es wackelte vorne, der Möbelhändler hatte den Absatz verfehlt. Ludwig glich aus, ächzte einmal. Der Möbelhändler machte ein aufforderndes »Und!«, obwohl Ludwig gar keinen neuen Anlauf nötig gehabt hatte. Im Gegenteil, er hatte vom Ausgleichen noch soviel Schwung, dass er zu sehr drückte. Zweite Stufe. »Brrr!«, machte der Möbelhändler, dem der Schweiß herab auf seinen weißen Kragen lief. Aber Ludwig konnte nicht mehr bremsen. Dritte Stufe. Der Möbelhändler fiel auf seinen Hintern, warf sich – Berufsreflex, vermute ich – unter die Platte. Er saß nun und die halbe Platte lag auf seinem rechten Bein.

Mein Vater kam dazu: »Jem sünd wohl verrückt geworden!« Seine Stimme überschlug sich. »Könnt jem nich um Hülp frogen!«

Er riss dem Möbelhändler die Platte vom Bein, machte einen großen Schritt über das schwarzbehoste Bein und trug die halbe Platte mit Ludwig zusammen ins Haus. Peter und Max halfen ihrem Vater hoch. Der hielt sich das Bein, zumindest solange, bis mein Vater wiederkam.

»Und nu de andere!« Er machte eine auffordernde Kopfbewegung in Richtung Ludwig, legte ein verhaltenes Kopfschütteln nach und wartete mit strengem Blick, bis sich Ludwig, die Hände zur Entschuldigung hebend, wieder zum Wagen aufmachte.

16.

Folgender Plan war gefasst worden. Herr Dahlerus wollte eine Reihe von führenden britischen Geschäftsleuten mit Göring zusammenbringen, und zwar auf unserem Hof. Höchste Geheimhaltungsstufe. Die britische Regierung hatte nur unter dieser Bedingung zugestimmt, ebenso wie Hitler. Ein Treffen im neutralen Schweden, wie ursprünglich einmal geplant, hatte die dortige Regierung abgelehnt. Und da waren Herrn Dahlerus die abgelegenen Pachthöfe seiner Frau eingefallen. So abseitig, so weit entfernt von der nächsten Siedlung und von neugierigen Augen und zudem auf gerade erst gewonnenem Boden, dass dieser quasi als neutrale Zone gelten konnte. Das hier war noch fast kein Land.

Wir sollten für die Tage der Zusammenkunft und der unmittelbaren Vorbereitung ausquartiert werden in den Nachbarhof mit Namen Lüderitzbucht, der tatsächlich nur einen Steinwurf entfernt war. Dort war der alte Nagel der Verwalter, der eigentliche Pächter war verstorben. Ein neuer sollte demnächst gesucht werden. Für das Essen würde nicht nur Irene zuständig sein, sondern eine ganze Koch-

Mannschaft aus Hamburg, aus dem Hotel Vier Jahreszeiten, die nicht nur Geschirr und Töpfe, sondern auch einen neuen Elektroherd mitbringen sollten.

Meinem Vater glühten die Wangen, als er dieses Detail erzählte. Ich stand in der Küche bei Irene, der er das alles berichtete.

Danach wandte er sich streng an mich: »Kein Wort, zu niemandem.« Und dann, nach einer Pause: »Natürlich nicht nur das mit dem Herd, sondern alles. Haben wir uns verstanden?«

Wir hatten.

Also zogen wir zum alten Nagel, der stank und Zigarrenstumpen kauend brummte, auf Besuch sei er gar nicht eingerichtet. Irene machte alles so gut für uns, dass es ging, machte so sauber wie nötig und lächelte, wer weiß warum.

Zwei Tage vor dem eigentlichen Treffen kamen Eriksen und seine Mannschaft. Sie hatten zwei Wagen, Johansson fuhr voraus, der andere Chauffeur des Herrn Dahlerus. Sie waren vor allem nachts gefahren, um nicht als großer Tross im Land aufzufallen. Ein Wagen mit Leuten, einer mit Geschirr, Essen und allem, was Herr Dahlerus sich sonst noch so vorgestellt hatte.

Eriksen war der Koch, woher er kam, außer aus der Küche des Hotels Vier Jahreszeiten in Hamburg, konnte ich nicht sagen. Er hatte ein geübtes Lächeln und einen merkwürdigen Akzent.

Er hob seinen breiten Hut und verbeugte sich, als er uns das erste Mal gegenüberstand. Er stellte sich grinsend vor, fuhr sich dann mit der Hand über das nach hinten über seinen bollerigen Kopf gekämmte Haar. Man werde schon zurechtkommen, sei ja für alle nicht ganz einfach, aber man käme sicher miteinander aus. »Nicht?«, er zwinkerte mir zu, was meine Eltern davon überzeugte, dass er nett sei.

Dann begann er seine Arbeit. Ich durfte an Irenes Seite an der Führung teilnehmen. Sie berichtete mit ihrer singenden Stimme geduldig, was sie zu berichten hatte. Ihre Ärmchen schwang sie dabei mehr als sonst. Wahrscheinlich war sie aufgeregt. Eriksen hielt die ganze Zeit über eine Hand auf seinem breiten Bauch, brummte dann und wann gutmütig, hob die Augenbrauen, wenn er etwas verwunderlich fand, stellte präzise Fragen nach der Versorgung mit einzelnen Lebensmitteln. Woher bekommen wir die Eier? Gibt es ausreichend Milch? Über welches Saisongemüse verfügen wir auf dem Hof, welches müssen wir noch besorgen?

Eriksen hatte sich zwei Helfer mitgebracht, eine Frau und einen Mann. Sie hatte kleine graue Locken und war auch sonst blass, er war ein Hagerer mit engstehenden Augen und Stoppelhaaren. Sie nickten, sprachen aber in meinem Beisein kaum eine Silbe.

Eriksen lud das bestellte feine Geschirr in großen Kisten aus, das schlichte, aber gediegene Service, die geschliffenen Gläser. Gepolstert mit Holzwolle und Decken.

Die Helfer trugen das Kochgeschirr hinein. Mehr bekam ich nicht mit, weil Ludwig mich rief.

17.

Wir hatten die Wirtschaft zu erledigen. Mein Vater telefonierte, saß an seinem Sekretär, ging öfter in die Küche zu Irene und stellte ihr Fragen.

Ludwig und ich holten das nach, was wir in den letzten Tagen versäumt hatten. Und vor allem: Wir hübschten den Hof auf, fegten, harkten, bogen gerade, was vorher krumm war.

Akkurat war das Wort, das mein Vater in jedem Satz verwendete, den er zu uns sprach. Akkurat mähten wir den Rasen, akkurat zupften wir sogar die Beete, akkurat schnitten wir hier und dort etwas ab, das verblüht oder hässlich war.

»Kannst Du den leiden?«

»Wen? Karlsson?«, Ludwig bückte sich gerade und stach eine Reihe Löwenzahn aus.

»Nein, den Göring.«

»Erzähl mir lieber nicht, wer Dir das erzählt hat.«

»Mach ich auch nicht. Also?«

»Das kann man so nicht sagen.«

Ich harkte ein paar Striche vom Haus weg. Die Haufen lud ich auf die Schubkarre, die, obwohl wir sie noch nicht lange hatten, wegen der salzigen Luft schon verrostet war. Der Wind strich über unsere Köpfe, holte immer wieder neuen Schwung. Es war ein klarer, schöner Tag. Unsere Unruhe, die kam von innen.

Ludwig warf ein Büschel auf meinen Grashaufen.

»Ich hab solche Typen gesehen. Weißt Du.«

»Ihn, Göring?«

»Nein, aber solche Typen wie ihn. Damals. Da unten.«

»In Deutsch-Südwest?«

»Moj Klip!«

»Moj Klip!«

»Ich habe gesehen, was die Macht aus den Menschen macht. Das ist so ein bestimmter Typ. Die sind so wild auf Menschen.«

»Aber, das ist doch nichts Schlechtes.«

Ludwig fuhr sich mit der braunen Hand über die runden, müden Augen. Falten umringten sie, nicht hundert Jahre Schlaf konnten hier mehr helfen.

»Menschenfresser. Wir nannten sie Menschenfresser.«

»Die Hottentotten?«

»Nein, nicht die. Sondern die Wichtigen. Die wuchsen da wie Pilze aus dem Boden. Auch aus dem Wüstenboden. Kaum hatte der ganze Rummel eingesetzt, schon gab es da einen Bevollmächtigten von weiß-ich-woher, der meinte, er könne alles regeln. Ein feister Typ. Rauchte Zigarre, morgens schon. Hatte immer soviel Öl in den Haaren, dass die Fliegen kamen.«

Ich richtete mich auf und lachte leise.

»Der war auch immer so stolz auf unser Vaterland. Wollte da unten ein neues Reich aufziehen. Ließ immer Fahnen und Wappen anbringen, deutsche Schilder.«

Ich hing an jedem Wort, das Ludwig sagte.

»Und dann habe ich gesehen, wie er einen geprügelt hat. Einen Nama. Es ging um wenig, ich weiß nicht mehr genau um was. Vielleicht hatte der geklaut. Man brachte den armen Teufel zu ihm, damit er den Fall untersucht. Und stattdessen hat er ihn fast erschlagen. Vor allen.«

Wir arbeiteten den restlichen Nachmittag ohne zu reden. Die Möwen kamen über den Deich, viele. Sie schwebten im auffrischenden Wind über den Wiesen und Feldern. Und auch über uns schrien sie und geckerten. Sonst kam mir ihr Schreien oft wie Lachen oder Schadenfreude vor. Heute hörte ich, wie sie uns warnten vor dem, was da auf uns zukam.

Auch Ludwig hatte seine Kammer räumen müssen auf Elisabethbay und war zum alten Nagel ins Haus gezogen.

Die beiden Farmhäuser waren praktisch baugleich, ich landete wie auch bei uns in der Dachkammer, ausgerüstet mit einem Fernglas, diffusen Vorgefühlen und dem strikten Verbot, mich unserem Haus auch nur gedanklich zu nähern.

18.

Bevor ich etwas sagen konnte, traf er mich. Nicht mitten auf die Wange, mehr so ans Ohr, dass ich eine Zeit lang nichts mehr hören konnte auf dem einen.

Was ich hier noch gewollt hatte? Ich hatte keine Antwort darauf. Aber mein Vater hätte sich auch nicht interessiert für das, was ich gesagt hätte. Also hielt ich den Mund.

Er hatte mich erwischt, als ich Scharik suchte. Unser Hund war einer der unklaren Posten bei der ganzen Umzieherei. Sollte er mitkommen? Sollte er auf unserem Hof bleiben?

Wenn er auf dem Hof bliebe, könnte es sein, dass er mit seinem lauten Gebell all die Fremden nicht in Ruhe ließe. Und das nicht nur bei ihrer Anreise. Und wenn er mitkäme auf den anderen Hof? Wer würde dann auf unser Haus aufpassen. Schließlich waren nun, allein schon durch Eriksen und sein Zeug, viele neue Sachen dazugekommen, auf die man vielleicht besser aufpasste.

Dieser Gedanke schien mir einen Gang nach drüben wert zu sein. Es war noch ein bisschen Zeit bis zum Abendbrot. Ich sah niemanden, niemand sah mich, nahm ich an. Also los.

Scharik war aber fort, seine Kette war zusammengerollt unter die verrostete Öse, an der sie hing, gelegt worden. Wo war er? Ich rief ihn leise, guckte vorsichtig in die Ställe und um das Haus herum.

Am Zaun der Hauskoppel hinten fand ich ihn. Mit einem Seil an den Zaun gebunden, seine Hütte war danebengestellt worden.

Ich wollte gerade zu ihm, da hielt mich mein Vater auf. Er verlor keine weiteren Worte.

19.

Karlsson trug seinen grauen Anzug. Ich spielte am nächsten Morgen auf der Straße vor unserem Exilhof, zumindest tat ich so. Karlsson kam herüber, um sich abzumelden. Er würde jetzt Richtung Hamburg fahren und rechne mit einer Rückkehr gegen morgen Nachmittag. So jedenfalls habe es Herr Dahlerus mit ihm besprochen. Das teilte er erst mir mit und ging dann, als er meinen Vater doch noch hinten auf dem Hof sah, zu ihm und sagte ihm dasselbe.

Mich freute, dass er seinen Wortlaut nicht veränderte. Ich fühlte mich auf einmal doch ein bisschen wichtig. Karlsson nickte mir noch einmal aufmunternd zu und ging zurück zu unserem Hof. Ich hörte den Wagen starten, dann fuhr er von mir fort die schnurgerade Strecke Richtung Süden.

Was bis zu seiner Rückkehr geschah? Die Stunden humpelten, mal ging es wie in einem Rutsch, mal überhaupt nicht vorwärts.

Es wurde noch am Vormittag ein bisschen aufregend, denn der neue Herd musste angeschlossen werden. Eriksen kam mit roten Kreisen im Gesicht herüber. Mit dem Strom, das ginge nicht. Saft, er sprach immer von Saft, der käme hier vielleicht schwächer an. So könne er keinesfalls eine gebeizte Rentierbrust reichen, geschweige denn einen Lachs in Senfsauce, wie verabredet.

Mein Vater holte erst Ludwig, stutzte aber, weil ihm einfiel, dass das Werkzeug ja gar nicht auf dem anderen Hof, sondern auf Elisabethbay war. Ludwig machte eine Kopfbewegung in meine Richtung und schaute meinen Vater fragend an: »Hannes könnte uns doch gut anreichen.«

»Nein, der Junge soll nicht mehr auf den Hof, jetzt nicht mehr.«

Die drei, mein Vater, Ludwig und Eriksen stiefelten zurück. Eine Stunde später kam Ludwig wieder auf den Hof: »Soll den alten Nagel holen, weißt Du, wo er steckt?«

Ich verneinte, erklärte mich aber sofort bereit, ihn zu suchen. Er paffte an seinem stinkenden Stummel von Zigarre, was ihm immer braune Lippen machte. So stand er hinten bei der Scheune, obwohl mein Vater ihm schon tausendmal gesagt hatte: kein Feuer beim Heu.

Nagel hörte mich an mit zusammengekniffenen Augen, brummte zweimal zustimmend und holte seine blecherne Werkzeugkiste, die er mit Ludwig hinübertrug.

Ich folgte in einem Sicherheitsabstand. Das Problem schien größer zu sein. War unser Strom hier wirklich schwächer, vielleicht einfach schlechter?

Gerade als ich auf unsere Einfahrt einbiegen wollte, klingelte es hinter mir.

Nis Ingwer Nissen. Mein Freund, auf dem Fahrrad seiner Mutter.

»Na?«

»Na. Hast Du Zeit?«

»Klar.«

Wir standen noch ein bisschen auf der Auffahrt, bis Irene aus dem Haus kam, um etwas zu holen.

»Bin bei Nis. Ja?«

»Bis zum Mittag. Kann ich mich darauf verlassen?«

»Klar.«

Wir fuhren zu Nis. Ich hinten, er trat. Manchmal trat ich auch, dann machte er die Beine lang.

Nis' Eltern hatten eine Gastwirtschaft. Nicht die einzige im Umkreis, schließlich waren die Köge ja gesäumt von alten Dörfern mit Kirchen und alten Dorfkrügen. Aber es war die einzige, die zur Koogslandschaft gehörte. Holstill hieß sie und lag im ältesten Koog, direkt vor dem alten Deich.

Ich war gern bei ihm zu Hause. Nicht nur, weil man, wenn die Kröger einen guten Tag hatten, und das kam öfter vor, im Gastraum etwas zu trinken bekam. Es war viel lebendiger, lustiger dort. Besucher waren schließlich Gäste und keine Eindringlinge, wie es meine Eltern empfanden, vor allem mein Vater. Bei uns waren es, wenn es keine Verwandten waren, um die man sich ja wohl oder übel kümmern musste, Eindringlinge, die einen von der Arbeit abhielten.

Mein Vater war, bei aller Leidenschaft für das Land und den Hof, immer ein Bauer gewesen, dem die Arbeit schwerfiel. Er tat, was er tat, mit Kraft und Kontrolle.

Bei Nis sprach man mehr. Jeder, sogar ich, wurde angesprochen. Auf das Wetter, die letzten Regengüsse, die die Gräben an der Kreuzung hatten überlaufen lassen, auf die Ernte und den neuen Pastor im Nachbardorf. Ach, und über das, was man sich da erzählte von Elisabethbay. Das sollte zu einem Gästehaus für Schweden umgebaut werden. Ich müsste das doch wissen. Was? Nicht?

Nis' Mutter hatte rote Wangen und blonde, zu einem Kranz aufgewickelte Haare. Sie war ein bisschen dick und trug immer eine Schürze. Nis' Vater lachte laut, dass man immer mitlachen musste. Er erzählte gern »wahre Geschichten«, wie er das nannte. Doch wusste man bald, dass es Lügen waren. Meistens hörten sie sich lustig an.

Wir spielten hinterm Haus bei den Obstbäumen. Daneben lud eine große Kastanie zum Klettern ein, manchmal konnte man Nis' Mutter erschrecken beim Wäscheaufhängen, wenn man sich ganz dicht und dünn hinter einen Ast legte, der hinüberragte. Sie lachte dann immer und drohte im Scherz.

Heute saß in der Gaststube der alte Cornelsen, der viele Schweine hatte und stank. Er trank Schnaps.

Bier ist Zeitverschwendung, sagte er bei jedem Glas, dass er in sich hineinstürzte.

»Du bist doch der Bahnsenjunge, nicht?«

»Ja.«

Pay Cornelsen kam, das hatte mir Nis erzählt, jeden Tag, meistens schon früh. Sein Bruder war ertrunken. Das war noch nicht so lange her. Der, Hark Cornelsen, hatte den Ortsverein geführt hier draußen. Kein ganz Scharfer, sagten die Leute, aber immer noch so überzeugt von dem ganzen Kram, dass er Nachbarn und Freunde anschwärzte. Hark Hitler, sagten die Leute leise, wenn er vorbeiging und es nicht genau hören konnte. Er hatte auch auf dem Schweinehof gelebt. Auch er hatte den Schnaps leiden mögen, trank aber lieber zu Hause.

Er war an dem Abend, an dem er starb, ausnahmsweise in Holstill eingekehrt. Er war nicht ungesellig, wirkte aber ein wenig unwirsch und unsicher. Die Uniform machte aus ihm einen anderen. Er hatte mehr gesprochen an jenem Abend. Und er soll viel gelacht haben. Er war betrunken gewesen, worüber aber keiner ein weiteres Wort verlor, weil es die Regel bei ihm und allen anderen war, wenn sie zu Nis' Eltern, Karl-Ingwer Nissen und Marga, seiner Frau, gingen.

Der dünne Hark Cornelsen soll, es war wohl schon spät, die Mütze mit dem glänzenden Schirm gepackt und mit Schwung aufgesetzt haben. Dann hielt er den Arm schräg hoch, um mit knallenden Absätzen die Wirtschaft zu verlassen.

Der Weg war gerade. Dunkel war es auch. Laternen gibt es hier keine. Rechts und links, was für unser gutes Land lebenswichtig ist, waren breite, tiefe Gräben.

Kurz vor Kriegsende, also Jahre später, ließ ich mich mit einer Milchkanne am Lenker in so einen Graben kippen. Ein Brite auf dem Weg nach Hause hielt mit seinem Flugzeug genau auf mich zu.

Die Gräben waren tiefer und breiter bei uns als anderswo. Das Land war immer noch feucht, das Wasser musste kontrolliert ablaufen können. Sie sahen nicht halbrund und zugewachsen aus wie in anderen Gegenden, sie waren gerade, als habe jemand sie erst neulich mit dem Spaten gestochen.

Hark Cornelsen hatte, spotteten die Leute, wahrscheinlich nur eine Hand am Lenker gehabt beim Fahren im Dunkeln, den anderen Arm, den rechten, aber die ganze Zeit grüßend in die Luft gereckt. Vielleicht redeten sie so, um sich den Tod vom Leib zu halten.

Marten Voss aus dem Desmerciereskoog, der ihn gefunden hatte, soll, so erzählte es der eine oder andere weiter, berichtet haben, Hark sei komplett unter Wasser gewesen, nur der Arm, nun ja, der habe weiterhin vorschriftsmäßig gegrüßt.

Pay Cornelsen hatte keinen Sinn für diese Witze. Er hatte keinen Bruder mehr. In seiner Anwesenheit hielt man den Mund, erzählte mir Nis, aber schließlich kam er ja auch vor allem nachmittags. Pay Cornelsen bemerkte das Gerede und Gegucke natürlich trotzdem, aber ihm fehlte der Ehrgeiz, die schlechte Nachrede zu verfolgen. Er trank.

»Hat man Dir nicht beigebracht, die Mütze abzunehmen, wenn man reinkommt?«

Ich wischte meine Kopfbedeckung aus den Haaren.

»Komm mal her. Und hast Du auch einen Namen?«

Ich zögerte, ging dann ein Stück auf den hageren, dunkelhaarigen Mann mit der krächzenden Stimme zu. »Einen Namen, den man auch erfahren darf?«

»Hannes. Ich heiße Hannes Bahnsen.«

»So, Du heißt Hannes Bahnsen.« Der alte Cornelsen schluckte den Rest seines Korns hinunter. »Habt wohl viel zu tun gerade, was?«

»Zu tun ist immer.« Ich versuchte, nicht unsicher zu klingen.

»Ja, und auf den Mund gefallen bist Du auch nicht. Das kann ich schon merken. Noch einen!« Er stand von seiner hölzernen Rundbank auf und stellte sein Gläschen auf den Tresen.

Nis' Vater füllte nach. »Nun lass mal den Jungen in Ruhe, Pay.«

»Nee, das kann ich nicht, Karl-Ingwer, das kann ich nicht. Die Herren Koogsbauern aus dem feinen Sönke-Nissen-Koog, die haben ja wohl eine Menge Geld, um bald feine Leute einzuladen, was?«

»Nun lass mal den Jungen in Ruhe.«

Er nahm sein Glas und ging wieder zu seinem Tisch, rutschte in die Bank vor dem Fenster. »Hab ja gar nichts gesagt. Hab ja gar nicht gesagt, dass die Bahnsens hier komische Leute zu Besuch haben. Vielleicht auch Schweden, wer weiß. Und den dicken Obernazi persönlich. Der hat es ja so mit den Schweden. Und auch mit den Schwedinnen. Vielleicht ist hier alles bald schwedisch, was?« Er lachte. Es klang aber, als müsse er viel Kraft dafür aufwenden.

»Geht man wieder raus, Jungs. Ist besser.« Nis' Vater raunte es uns zu und machte eine entsprechende Kopfbewegung Richtung Tür.

Wir gingen wieder in den Garten, aber spielen wollten wir nicht mehr. Ich musste ohnehin bald nach Hause.

»Kommst Du nachher mit zum Baden?«

»Vielleicht.«

20.

Ich schaffte es nicht. Der Nachmittag war voller Gerenne. Hastiges Getue auf unserem Hof, auf den ich ja nun nicht mehr durfte. Eriksen schickte seine Helfer jede Stunde mit einer Bitte oder einem Zettel zu Irene, die ohnehin schon zwischen den Höfen pendelte. Ludwig hatte die kleine Laubkarre, die wir für den Garten nahmen, mit einer Wolldecke und einem sauberen Handtuch ausgelegt für die Küchengerätschaften, die Irene hin und her beförderte.

Mal brauchte Eriksen einen Fleischwolf und konnte ihn drüben nicht finden. Mal wollte er den Hackblock und den Tritt loswerden, weil er sich, wie sein Helfer sich ausdrückte, nicht bewegen könne. Und sich bewegen, also herumlaufen, das würde der Koch ständig, verriet mir der Hagere, der seinen Botengang ein wenig ausdehnte, um mit mir zu schwatzen.

Nachher, erfuhr ich auf diese Weise, sollte noch eine wichtige Fracht geliefert werden. Die schwedische Firma Arvid Nordquist hatte Order bekommen, alle möglichen Köstlichkeiten aus Schweden zu schicken. Sie wurden schon sehnsüchtig erwartet. Fisch, bestimmte Gewürze, eine ausgesuchte Sorte Schnaps.

Eriksen würde ein Mahl schaffen, das sich bestens in den Rahmen fügen sollte. Herr Dahlerus wollte den Besuchern den Eindruck vermitteln, das Treffen finde quasi auf schwedischem Boden statt. Die schwedische Fahne am Haus und an den Autos, das Essen und nicht zuletzt er als schwedischer Gastgeber sollten ihre Wirkung nicht verfehlen.

Eriksen kam schließlich selbst. Er rief Irene und meinen Vater zusammen, Ludwig und ich standen nicht weit davon entfernt an der Küchentür. Der bollerige Kopf war rot, Eriksens Augen waren weit offen, er brauchte viel Luft.

»Wenn ich nicht bis heute Abend die Sachen habe, dann kann ich nichts machen?«

»Nichts machen?«

»Ja, keine gebeizte Rentierbrust und keinen Lachs in Senfsauce. Verstehen Sie, guter Mann. Ich brauche diesen Senf, sonst kann ich morgen hier Bratheringe servieren.«

»Wäre auch nicht schlecht«, brummte Ludwig mir zu, verzog aber keine Miene.

»Können Sie nicht etwas anderes vorbereiten?«

»Und was?«

»Sie könnten unser Schwein schlachten. Fisch könnte ich auch noch mehr als den bestellten besorgen.«

»Danke, danke, der Herr. Nein, nein, es geht hier nicht um etwas zu Essen. Wir sprechen über ein Mahl. Verstehen Sie? Das verstehen sie nicht.«

Letzteres war keine Frage mehr gewesen, sondern eine resignierte Antwort.

»Ach, Ihnen fällt schon was ein. Sie sind doch Koch.«

»Vielen Dank, dass Sie mich daran erinnern.«

Zumindest funktionierte der Elektroherd. Der alte Nagel hatte es geschafft. Er war im Umkreis bekannt dafür, dass er mit ein bisschen Blumendraht und Angelschnur Trecker, Radioapparate und Taschenuhren wieder zum Laufen bringen konnte. So ein Elektroherd war für ihn auch keine große Sache.

Ich saß im Hof und notierte, wann immer niemand da war, einige Sachen in meinem Notizbuch. Allerdings kam immer wieder jemand von drüben. Schließlich sogar mein Vater. Er schickte Ludwig und mich mit sichtlichem Missfallen hinüber.

Ludwig und ich sollten an der Chaussee vor der Einfahrt sitzen und auf den Lieferwagen warten. Was immer von der Firma Arvid Nordquist auszuladen war, wir sollten dem Fahrer zur Hand gehen und so verhindern, dass er auf den Hof fuhr und etwas von den Vorbereitungen mitbekam.

Mein Vater nickte Ludwig, den er vorher aus der Scheune gerufen hatte, und mir zu, hob dann aber noch drohend den Zeigefinger und drehte die Hand hin und her.

»Und sonst, wie besprochen.«

»Ja.«

Wir saßen also den Rest des Nachmittags auf den beiden Findlingen neben der Einfahrt. Ludwig guckte alle paar Minuten auf seinen Kompass wie auf eine Uhr.

»Wolltest Du nicht Baden gehen?«

»Ach, nee.« Ich schaute auf die Felder. Ich hätte schon wollen. Woher wusste Ludwig das?

»Wer ist noch da?«

»Genau weiß ich das ja nicht.«

»Sonst meine ich, sonst.«

»Die beiden Paulsenjungs, Hendrik aus dem Cecilienkoog. Martin und Momme aus dem Desmerciereskoog. Und sicher noch ein paar.«

»Die Stammeshäuptlinge kommen zusammen.«

»Was?«

»Ist doch so. Aus jedem Koog eine Abordnung, ein oder zwei Häuptlinge. Und dann halten die Kriegsrat an der Badestelle.«

Ich grinste. »Nur heute ist einer nicht da. Der aus dem Sönke-Nissen-Koog. Der muss Wache halten. Ich!«

Ludwig nickte lächelnd. »Hannes Witboi Bahnsen aus Swakopmund. Der große Hottentottenhäuptling. Der hält lieber persönlich Wache, als dass hier was durcheinanderkommt.«

»Hast Du eigentlich mal einen Angriff von denen mitgekriegt?«

»Von den Nama? Den Hottentotten?«

»Ja, genau?«

»Nein, das habe ich nicht. Der große Aufstand war ja schon vorbei. Aber die haben immer wieder unsere Vorposten angegriffen.«

»Schlimm.«

»Mehr als das: Die wurden manchmal richtig abgemurkst. Totgeschlagen und ausgeraubt. Alles weg. Die haben aus den Knochen Flöten gemacht, wurde erzählt. Glaub ich aber nicht.«

»Nein?«

Ich wollte mir gerade weiter erzählen lassen, da bemerkte ich den Lieferwagen. Der kleine Hansi Roller stieg wenig später aus, blinzelte uns an und kniff sich noch mehr Falten um seine Augen.

»Dann könnt Ihr ja wohl helfen, nicht?«

»Jawohl.«

Ich mochte ihn. Er war so klein, dass er seinen Lieferwagen sicher im Stehen fahren musste, scherzten wir Kinder immer. Hansi hieß natürlich auch ganz anders mit Nachnamen, aber weil er herumfuhr den ganzen Tag und lieferte, war ihm dieser Name zugewachsen.

Er plapperte halblaut in einem fort. Tat er das auch, wenn er allein in seinem Wagen saß? Man konnte, das wusste ich schon, in sein Gespräch eindringen, er nahm jeden Einwurf mit dankbaren Augen auf und sprach fortan in die neue Richtung. Er redete die ganze Zeit.

Ludwig und ich luden ab. Sechs große Kisten. Die meisten schwer, eine leicht. Wir stapelten sie am Straßenrand. Ludwig ging und holte meinen Vater, damit Hansi Roller bezahlt würde.

Der stellte sich neben mich, steckte die Hände in die Taschen nach getaner Arbeit und brabbelte weiter, immer mal mit dem Kopf zu den Kisten hin nickend, er beantwortete sich seine Fragen selbst. Ich brummte ab und zu, wo es mir richtig erschien.

Mein Vater erschien, bezahlte, ließ es sich quittieren und verschwand wieder. Ludwig und ich beluden ein ums andere Mal die von ihm gepolsterte Karre, die er dann vor die Küche schob.

»Eriksens Helfer macht die jetzt auf. Ich habe ihm einen Kuhfuß gegeben. Also, in der Hand gehabt hat er sowas vorher jedenfalls noch nie.«

Ich grinste. Noch waren es zwei Kisten, zwei schwere. Ein Klingeln kam näher, mehrere Fahrräder rauschten heran. Nis, Momme und Martin, die beiden Paulsenjungs. Momme hatte den rechten Arm schräg nach vorne gereckt. Grüßte er von weit her? Wie der tote Hark Cornelsen?

Ludwig und ich hielten inne. Ich rief Martins Namen, wir drehten uns um, damit wir den ganzen Fahrradschwarm sehen konnten.

Martin hatte den Arm immer noch oben. Wir setzten ab.

»Schnell. Wir brauchen ein Messer!« Momme war vom Fahrrad gesprungen, auch Nis stoppte, stieg ab und legte das Fahrrad seiner Mutter auf den Boden.

»Momme ist gestochen worden. In den Arm, Wespe. Habt ihr ein Messer?«

Momme Jepsen war blass, noch immer reckte er den Arm steil nach vorn, konnte aber kaum noch. Er war Martins älterer Bruder, aber er war ein bisschen zurück. Sprach nicht viel, war wie ein kleiner Junge, ging zwar zur Schule, richtig lernen konnte er aber nicht.

»Was wollt ihr denn mit einem Messer? Den Arm amputieren?« Ludwig ging auf Momme zu, half ihm vom Gepäckträger. Der sprach nicht, atmete nur schwer mit roten Wangen.

»Nein, aufritzen, das Gift raussaugen. Habt ihr eins?«

Ich sah mich um. War mein Vater in der Nähe? Konnte ich es wagen? Warum hatte ich nur mein Taschenmesser noch nicht?

»Aber er ist ja nicht von einer Giftschlange gebissen worden. Am besten noch mit Schießpulver ausbrennen, was? Nein, nein, Jungs. Brauchen wir nicht.« Ludwig führte den unsicheren Momme

Richtung Haus. »Eine Zwiebel. Das reicht. Komm Momme, machen wir mal eben.«

Ich pustete hörbar aus.

»Was ist denn bei Euch los?«

»Besuch. Kommt morgen. Keiner darf hier rein.«

»Und die Kisten?« Martin ging zu einer, hob sie an.

»Und Momme?« Das war Nis.

»Finger weg, Mann.«

»Nun lass doch, Martin.«

»Momme ist ein Notfall.«

»Was zu Trinken ist wohl heute nicht drin?«

»Nee, ganz bestimmt nicht.«

21.

Als der Fahrradschwarm meiner Freunde mitsamt Momme wieder verschwunden war, blieb ich unschlüssig noch einen Moment lang auf der Straße stehen. Sie alberten und johlten, überholten sich und wichen sich aus, wie wir das immer taten, einer schneller und waghalsiger als der andere. So jagten wir uns übermütig durch den Sommer. Ich wäre gern dabeigewesen bei ihrer wilden Fahrt.

Ludwig kam wieder, sagte aber eine Weile nichts.

»Komm, noch zwei, Hannes.«

»Ja.«

Mein Vater erschien. Schaute sich zum Haus um, als fürchte er, entdeckt zu werden.

»Hat alles geklappt?«

»Mein' ich doch.

Er druckste weiter herum. Schlich um uns beide. »Da ist noch etwas.«

Ludwig öffnete die Hand und streckte sie ihm fragend entgegen.

»Der Mast. Der Fahnenmast. Wir müssen den neuen unbedingt noch aufstellen.« Mein Vater boxte sich ärgerlich in die Hand, aber ich glaube, er tat es nur, um unseren möglichen Ärger über den Auftrag aufzufangen, nicht weil er den Ärger selbst empfand. »Kannst helfen, Hannes.« Mein Vater lächelte nicht, er kratzte sich an der Nase. »Drinnen ist aber tabu. Verstanden!«

»Ja.«

Ludwig zuckte, so gut er konnte, mit den Schultern, als habe er die letzten Sätze gar nicht gehört, klappste mir auffordernd auf die Schulter und ging voraus.

Der Mast war riesig. Das wusste ich im Grunde natürlich, denn ich hatte ihn ja liegen sehen, aber aufgerichtet beeindruckte er mich viel mehr. Ludwig und ich legten ihn, nachdem wir ihn einmal in ganzer Länge Richtung Himmel beguckt hatten, auf die Böcke. Die Haken und das Seil mussten noch angebracht werden. Und außerdem mussten wir noch etwas mit Farbe ausbessern. Ein wenig war von dem Weiß abgeblättert, richtig abgebrochen an einigen Stellen, außerdem hatte der Mast grüne Flecke von der Feuchtigkeit bekommen.

»Das muss.«

Wir hatten nicht widersprochen. Mein Vater aber rang um die richtigen Worte. Er hatte mit knappen Sätzen den finalen Standort bestimmt, als wir den Mast aufgerichtet hatten, und ihn mit zwei Steinen aus dem Beet auf dem Rasen gekennzeichnet.

»Das muss ganz weiß sein. Ganz weiß. Schließlich kommen … Es muss.«

Ludwig hatte noch weiße Farbe. Für alle Holzarten stand darauf. Trocknen würde sie über Nacht.

Ich malte oben ein bisschen über, Ludwig schraubte unten die Haken an. Das Seil vom kurzen Mast passte, es war immer zu lang gewesen.

Mein Vater wurde fortgerufen, Eriksen wollte irgendetwas. Ich nahm den Spaten und grub, so gut es ging. Ludwig schraubte unten zwei Ein-Meter-Balken quer an den Mast. Die standen ab wie zwei verdrehte Beine. Er gab mir dann Anweisungen, neben dem eigentlichen Loch noch zwei dünne, tiefe Gräben für die Balken auszuheben. Half mir schließlich.

Wir probierten dreimal, bis unsere Haltekonstruktion und der Mast versenkt waren. Einige Steine beschwerten Mast und Balken, dann Erde festtrampeln und Wasser angießen wie bei einem frisch gepflanzten Baum.

»Die Fahne, jetzt noch die Fahne! Dann hängt die schon mal!«

»Nee, lass man, Hannes.«

»Warum?«

»Die wird ja sonst noch ganz weiß. Und das wollen die Herren doch bestimmt nicht.«

22.

Am Abend durfte ich zu meiner Mutter. Sie versuchte, ein fröhliches Gesicht zu machen. Ihr war nicht wohl, sie saß mit der von Irene gehäkelten Kniedecke auf dem Bett. In der guten Stube vom alten Nagel mochte sie nicht sein, verriet sie mir. Da war sie lieber in die Schlafkammer gegangen, in der sie und mein Vater schlafen sollten. Sie strich mir über die Haare.

»Freust Du Dich?«

»Worauf?«

»Auf die Babys?«

Sie lächelte. Und nickte. In ihren Augen aber, da sammelten sich zwei Tränen.

Ich konnte danach nicht schlafen. Der Abend war blau und warm. Ich hing an der Dachluke. Und da sah ich langsam Pay Cornelsen mit dem Fahrrad kommen. Er wurde vor unserer Einfahrt noch langsamer. Dann hielt er an.

Er war nicht allein gekommen. Zuerst konnte ich nicht sehen, wer es war, dann erkannte ich ihn. Es war unser Schatten. Unser Nachläufer. Unser Koogs-Gespenst. De leeve Gott nannten wir ihn. Er war nicht ganz richtig im Kopf. Und er war immer dabei. Grinste leer und zeigte seine gelben Zähne. Der Oberdeichgraf, sagte mein Vater immer, denn de leeve Gott fuhr mit seinem schwarzen Fahrrad über die Kuppe, oft abends, manchmal sah ich ihn auch morgens beim ersten Licht.

De leeve Gott, der groß und schlank war und einen gelben Haarkranz um den rotverbrannten, kahlen Kopf trug, hatte auch einen richtigen Namen, aber ich wusste ihn nicht. Wenn man ihn grüßte – er saß sonntags immer in der Kirche, immer vorne links, im Pastorat im Keller hatte er ein Bett, dann nickte er stumm. Und öffnete, als wäre es eine mechanische Folge des Nickens, danach den Mund.

Wir machten uns einen Spaß daraus. Er saß auch oft auf der hinteren Bank in Holstill. Man konnte ihn immer wieder grüßen, was wieder und wieder das Nicken und nach einer kleinen Verzögerung das Mundöffnen zur Folge hatte.

Nun hielt de leeve Gott hinter Pay Cornelsen vor unserer Auffahrt. Sie guckten auf unser nur noch wenig beleuchtetes Haus. Dann wendete Cornelsen mit seinem Fahrrad, wartete bis de leeve Gott es ihm gleichtat. Dann fuhren sie beide fort.

23.

Der Tag kam nicht, er platze auf. Ich hatte schlecht geschlafen in dem falschen Haus, war alle paar Stunden zur Dachluke gelaufen, durch die ich –

Gott sei Dank – nach Elisabethbay hinüberblicken konnte. Wie gut, dass ich an den Kieker gedacht hatte. Viel erkennen konnte ich dennoch nicht. Zwei Männer sah ich einmal vor dem Haus stehen, einer ging wenig später schlendernd und rauchend die Chaussee entlang. Er ging zum anderen Hof. Wie er aussah, konnte ich aber nicht erkennen.

Die Herren waren in der Nacht gekommen. Ich hatte mir zwar vorgenommen, wach zu bleiben, hatte es aber nicht geschafft. Ich erkannte die beiden Limousinen auf dem Hof, wie die Doppelspitze einer Wagenflotte nebeneinander. Die sieben Herren hatten in unserem Haus Quartier genommen, in unseren Betten geschlafen, einer auch in meinem. Wer immer es war, er tat es vielleicht immer noch. Mir gefiel das nicht. Ich stellte mir sein Gesicht vor.

Der Helfer Eriksons war jetzt zu sehen, er lief aus der Küchentür hinaus, dann ging er zurück.

Der Morgen war kühl, es musste noch früh sein. Ich sprang in meine Sachen. Irene hatte mir auf Anordnung meiner Mutter das Sonntagszeug mit hinüber gebracht. Drüben war noch keine weitere Regung zu sehen. Nur die Fahne, die sah ich wehen an dem neuen, hohen Mast.

Ich ging die Stiege hinunter. Die Kammer wurde sonst nicht benutzt. Der alte Nagel schlief in seinem Zimmer neben der Küche. Das Haus war wirklich viel zu groß für ihn allein. Ich spürte Schmutz und Sand auf den Stiegenstufen unter meinen nackten Füßen.

Ich ging in die Küche, die – wie alle Räume – am gleichen Ort war wie in unserem Haus. Und gerade als ich das große, helle Zimmer betrat, in dem ich Irene vermutete, die schon mit dem Feuer, einem ersten Kaffee oder sonst etwas beschäftigt sein musste, fiel es mir ein: Ich hatte heute Geburtstag.

Ich blieb auf der Schwelle stehen. Trauer überflutete mich. Und Unwohlsein. Und Wut. Auf wen ich genau wütend war? Nicht auf die Weltgeschichte, die Schwäche der Alliierten, Hitler oder sonst wen. Es war mein Vater, auf den meine Wut zielte. Ich ging ein wenig zitternd weiter bis zum Tisch, der kleiner als unserer drüben war.

Irene war tatsächlich schon da, sie kam auf mich zu und umarmte mich. Ich spürte ihre Wärme, kam langsam zur Ruhe und war doch nicht fähig, meine Arme um sie zu legen.

»Alles Gute, lieber Hannes!«

»Danke.«

Irene schob mich auf einen der Stühle, die hier, statt einer Bank wie bei uns, um den Tisch standen.

»Hier. Für einen Großen: sein Kaffee!« Sie stellte Untertasse und Tasse vor mich hin und goss die heiße, schwarze Brühe hinein, Milch hinterher. Der erste eigene Kaffee. Er schmeckte wunderbar.

Ich wurde übersehen an diesem Morgen. Man strömte nach Elisabethbay. Mein Vater, Ludwig, Irene. Die Gäste sollten bewirtet und begleitet werden. Auch das Ehepaar Dahlerus war bereits angereist. Sie hatten aber in Bredstedt übernachtet, im »Landwirtschaftlichen Haus«, dem besten Gasthof. Karlsson holte sie. Hände wurden geschüttelt, Hüte gelüftet. Ich blickte aus dem Dachfenster auf die Versammlung der Gäste vor dem Haus drüben.

Der Bann wurde ausgeweitet. Mein Vater wies Ludwig an, mir das Verlassen des Nagel'schen Hofes für die nächste Stunde zu verbieten. Selbst hatte er keine Zeit.

Einmal schnappte ich einen Satz vom alten Nagel auf, den er mehr zu sich selbst als zu mir sagte, als ich über den Hof an ihm und seinem Besen vorbeiging. Bald würden die Vorboten kommen. Die grauen Raben. Ich verstand ihn erst nicht.

Man frühstückte wohl erst einmal. Mein Vater kam kurz nach Hause und holte seinen Feldstecher. Er sah mich, seine eigene äußerste Anspannung kurz unterbrechend, knapp an und hob den Zeigefinger. Keine Warnung, eher eine Aufforderung zur Achtung. Dann stürmte er im Sommermantel und mit dem guten Hut auf dem Kopf wieder hinüber, das Fernglas am Hals.

Es setzte sich bald eine denkwürdige Gesellschaft in Bewegung. Ich sah es vom Dachfenster aus. Die sieben britischen Herren, mein Vater, leicht zu erkennen am hellen Mantel, Frau Dahlerus mit Schirm, den sie später als Sonnenschutz auch aufspannte, und Ludwig. Eine Reisegruppe auf der Chaussee, Ziel unbekannt. Aber nur kurz, sie bogen schließlich bei der ersten sich bietenden Gelegenheit Richtung Deich ein. Sie berichteten gewiss von den Farmhäusern, den Bahnstationen, dem Koog, dem Deich, dem Wasser. Ich ahnte es, nur verstand ich es nicht. Bis ich die Herrschaften hinter dem Deich verschwinden sah. Kein Blick zurück war möglich. Mein Vater würde sicher auf den Horizont zeigen, die Halligen aufzählen, einige Geschichtsdaten, einige Anekdoten zum Besten geben. Ludwig könnte übersetzen. Frau Dahlerus würde adlig gucken und allein durch ihre Anwesenheit die Höflichkeit der Gäste garantieren.

Diesseits des Deiches fielen nun die Raben ein. Der alte Nagel hatte recht, sie waren grau. Drei Wagen, ich zählte sechs Mann. Uniformen, Mützen, mehr konnte ich nicht erkennen. Herr Dahlerus kam aus dem Haus, neben ihm Karlsson, beide begrüßten den Befehlshaber, Dahlerus mit Handschlag. Dann breitete er die Arme aus, drehte sich und ging zurück ins Haus.

Was machten die? Ich stürzte die Treppe hinunter und fing mich gerade noch vor der Hintertür. Ein Blick in den Spiegel: Wollte ich wirklich? Ja, das wollte ich. Ich trat hinaus.

Mein Herz wurde immer lauter, je näher ich unserem Hof kam. Was würde ich sagen? Ich wusste es nicht, aber ich konnte nicht zulassen, nicht unbezeugt lassen, was die Soldaten Görings bei uns taten.

Irgendwer hatte die Fahne eingeholt, die schwedische, die Ludwig heute morgen aufgezogen hatte. Der Mast stand kahl. Wollte man die Willkommensgeste nicht, das Zeichen des Gastgebers? War das Symbol für diesen besonderen Ort zuviel, war es durch die Fahne zu deutlich ein anderes Land? Hatten wir etwas falsch gemacht?

Ich ging nicht beim Haus herum, sondern schlich mit geradem Schritt neben der Scheune entlang, am Kaninchenstall vorbei, in dem es zappelte. Ich sah niemanden, ging bis zur Ecke, lugte herum und zog den Kopf sofort wieder zurück.

Zwei Soldaten waren im Garten, einer war an den Bäumen, einer am Graben. Sie bemerkten mich nicht. Ich guckte ein zweites Mal. Ein weiterer kam aus dem Geräteschuppen, er hatte eine Axt in der Hand und eine Sichel.

»Lass das Gerümpel drin, Mann. Nur nach richtigen Waffen gucken!«, fauchte der an den Bäumen.

Ich wollte mein Glück nicht weiter strapazieren. Ich hörte im Fortschleichen, wie die quietschende, kleine Scheunentür hinten geöffnet wurde.

Einer sagte etwas, ich verstand es nicht. Und dann knallte es, dass ich zuckte. Ein Schuss? Die Tür, die Tür! Es war die Tür vorne, sagte ich mir. Der Wind riss sie immer zu, wenn hinten geöffnet wurde und vorne offen war. Es hatte wie ein Schuss geklungen. Mir war, als sei ich getroffen worden. Und doch handelte ich, so schnell ich konnte. Kletterte unter den Kaninchenstall, der aufgebockt war.

Ich machte mich klein und hielt den Kartoffelsack, der als Abdeckung für Heu und Futter diente, vor mich. Hatte ich eine andere Chance? Auf die Pferdekoppel, zur Einfahrt und raus? Nein.

Zweimal rannten sie an mir vorbei. Einer hatte eine Pistole statt eines Gewehrs in der Hand. Ich hörte sie, wie sie vorne zusammenkamen. Ich hörte, wie Herr Dahlerus und die anderen miteinander sprachen. Jemand lachte auf. Man hatte die Ursache gefunden.

Ich verschwand. Ich tat zumindest mein Bestes. Duckte mich unter dem Zaun durch, rannte zum Ende der Pferdekoppel, kletterte über den Knick und wartete.

Sie gingen zu zweit am Kaninchenstall entlang, keiner hatte mich gesehen.

Gebeugt lief ich mit kleinen Pausen zur Straße. Lief aber nicht auf ihr, nur an der Kante entlang. Bald musste ja auch die Reisegruppe wiederkommen.

Ich kam im rechten Augenblick auf den Hof. Er war leer. Der Nagel fegte, wenn überhaupt, woanders. Niemand war da, niemand wartete. Ich hätte so gern Scharik über das Fell gestrichen.

Es dauerte noch eine ganze Weile, bis die Reisegruppe wieder erschien. In der Zwischenzeit arbeiteten sich die Soldaten draußen von hinten nach vorne. Es mussten einige auch drinnen bei uns sein. Was guckten sie an? Durchsuchten sie mein Zimmer? Sicher. Was fanden sie dort? Nahmen sie alles in die Hand? Oder auseinander? Oder etwas mit? Mir wurde kalt und ein wenig übel. Ich stand wieder auf dem Stuhl am Dachfenster und kniff die Augen zusammen, um schärfer zu sehen.

Plötzlich tat sich etwas. Zwei, dann drei der Grauen hatten sich am neuen Fahnenmast versammelt. Und dann zogen sie die Fahne wieder auf. Einfach so, als sei unser Hof jetzt wieder für seine Bestimmung bereit, als sei die Quarantäne jetzt vorbei.

Tatsächlich war es ein Zeichen. Eines, das mein Vater vorher vereinbart hatte. Sie gaben ihm wie auf hoher See ein Zeichen, dass die Reisegruppe zurückkommen könne. Der Deich war nicht gut von meinem Dachfenster aus zu sehen. Stand mein Vater dort und spähte durch seinen Feldstecher?

Die Grauen zogen die schwedische Fahne wieder hoch, sammelten sich auf dem Hofplatz, stiegen ein und verschwanden wenig später.

Kurz darauf, ich hatte es geahnt, erschienen die Gäste über der Deichkuppe, eine wimmelnde Wolke aus Menschen, die langsam näher kam.

Man lief in Zweier-, Dreier-, Vierergruppen, hob Hände und Arme beim Reden, lachte, einige Herren rauchten sichtbar. Ludwig blieb immer einen halben Schritt hinter meinem Vater. Man betrat das Hofgelände, Herr Dahlerus erschien wie ein Herbergsvater und breitete mit Willkommensgeste die Arme aus.

24.

Warum waren wir hier? Ich weiß es nicht genau. Vermutlich dachte mein Vater, wir sollten. Vielleicht dachte er, sein Auto müsse den Konvoi hinaus in den Koog anführen, weil die Fahrer den Weg nicht kannten. Karlsson aber hätte ihn sicher gewusst.

Vielleicht war der Grund, dass er dachte, wir müssten noch jemanden mitnehmen? In unserem Auto war nicht mehr viel Platz. Mein Vater, Ludwig und ich saßen darin, neben mir lag noch ein Blumenstrauß, den Irene auf Geheiß meiner Mutter am Morgen im Garten geschnitten und gebunden hatte. Für wen waren die? Für Göring? Wollte mein Vater etwa? Oder für Dahlerus? Oder sollte ich vielleicht? War das der eigentliche Grund für die Erlaubnis, mitfahren zu dürfen? Wir stiegen aus.

Der Bahnhofsvorplatz in Bredstedt war voll mit Menschen. Viele waren zum Gucken gekommen. Einige winkten aufgeregt Richtung Gleise, wo man hinter dem Bahnhofsgebäude ein paar grüne Waggons sehen konnte. Görings Sonderzug. Ein Nachbarsjunge, Klaus, hatte mir davon erzählt. Der Generalfeldmarschall fuhr öfter hier durch, weiter über den Damm nach Sylt, wo er ein Haus hatte.

Ich machte mich los von Ludwigs Seite und ging ein paar Menschen weiter. Niemand bemerkte mein Verschwinden. Mein Vater suchte Dahlerus, Ludwig blieb beim Auto und bemühte sich, keine Antwort zu geben auf all die Fragen, die ihm die Leute stellten.

Ich traf Peter und Max wieder, die Söhne des Möbelhändlers. Sie hatten lange Hosen an. Peter winkte zur Begrüßung und trippelte nervös und lächelnd auf und ab.

»Der Zug ist schon da. Schon lange. Schon seit einer Stunde. Haben wir gesehen.«

Ich nickte matt. So viele Leute. Es kam nicht oft vor, dass ich so viele Menschen auf einem Haufen sah. Höchstens beim Gottesdienst oder zum Jahrmarkt.

»Mein Vater konnte übrigens neulich gar nicht mehr fahren.« Peter grinste.

»Wieso?«

»Als wir bei Euch waren, mit dem Tisch. Das Bein, er hat den doch auf das Bein gekriegt.«

»Ja.« Ich wusste wieder, wovon er redete.

»Max ist zurück gefahren. Bis kurz vor Bredstedt. Vater hatte Schmerzen, sein Bein wurde dick und blau. Max kann fahren. Hat er heimlich gelernt. Und kurz vor den Häusern in Bredstedt haben sie dann wieder getauscht.« Er lachte ein hohes, mitreißendes Lachen, als säßen wir allein auf dem Schulhof.

Jetzt kam Bewegung auf. Offenbar tat sich etwas am Zug. Ich konnte nicht viel sehen, die Köpfe drehten sich aber vom Bahnhofseingang zu den Gleisen, die hinter dem Haus weiterliefen nach Norden und Süden. Göring? Nichts.

Das Gemurmel wurde wieder lauter. Ludwig hatte sich zu mir durchgearbeitet, er winkte, ich solle kommen. Nicht warnend wie sonst manchmal, wenn ein Segen meines Vaters drohte, sondern wohl eher besorgt, ich könne verloren gehen.

Ich hob, Peter zugewandt, die Hand zum Abschied, er lächelte und nickte zweimal. Und rief mir dann noch hinterher: »Meine kleinen Schwestern sollen die Blumen überreichen.« Er lachte wieder. »Sind doch Zwillinge!«

Damit war ich oder waren wir ja wohl aus dem Rennen. Ich stand auf dem Trittbrett unseres Autos. Bald entdeckte ich auch zwei blondbezopfte Mädchen in der Nähe des Bahnhofseingangs, die die gleichen hellen Kleider trugen. Der Möbelhändler war nicht direkt bei ihnen, stand eher zwei Reihen dahinter. Einer in Uniform fasste beide Mädchen, die vielleicht sieben Jahre alt waren, jeweils mit einer Hand an der Schulter, als wolle er sie am Ausreißen hindern.

Mein Vater stand vorne bei der ersten Limousine, die, wie die andere auch, zur Abfahrt bereits gewendet und geparkt hatte. Johansson und Karlsson hatten sich in ihren grauen Uniformen jeweils neben ihre Türen gestellt.

Ich kletterte noch ein wenig höher auf den Sitz, um besser sehen zu können, und hielt mich von außen am Autodach fest.

Die Schwingtür des Bahnhofsgebäudes schlug auf. Ein grauer Mann, noch einer, dann nichts. Warten. Und er, ein Riese wie aus Porzellan, breiter Hut mit vorn hochgebogener Krempe. Heller Mantel.

Herr Dahlerus trat gemessenen Schrittes auf ihn zu. Die Polizisten hielten die Menschen zurück.

Dahlerus schüttelte seine Hand, lüftete seinen Hut, wies mit demselben in den hohen Himmel und ging langsam zum ersten Auto vor. Beide Wagen trugen wieder kleine schwedische Fahnen am Kotflügel. Göring schob sich, Beine oder Füße ließen sich nicht ausmachen. Er stoppte kurz, drehte sich halb um, hob die Hand, gebogen, winkte der Menge einen Gruß, empfing den Jubel, winkte wieder und bückte sich ins Auto.

Die beiden kleinen Mädchen mit den Blumen wurden vorgeschubst. Zu spät. Die Uniformierten teilten sich auf. Der erste Wagen startete den Motor, die Menge wich zurück, die Tür schlug zu. Los, Karlsson.

Jetzt Johansson, Offiziere stiegen ein, drei, vier. Auch diese Tür schloss sich, der Motor heulte auf, mein Vater hastete zu uns. Er hatte nicht einmal Zeit, mit mir zu schimpfen wegen des Auf-dem-Sitz-Stehens. Ich kletterte hinein, ließ mich auf die Rückbank fallen, im Auto presste mein Vater mit angespannter Stimme »Los!« Richtung Ludwig, der schon losgefahren war.

Mein Geburtstag wurde übrigens auch noch ein bisschen gefeiert. Meine Mutter strich mir über die Haare und sprach mich mit »mein Großer« an. Mein Vater war nicht da. Meine Mutter murmelte davon, dass es auch noch ein Geschenk für mich gebe. Ja, das Taschenmesser. Unglücklicherweise, tja, sei es in der Schublade, drüben in der guten Stube. Tja.

Ludwig knuffte mich draußen in die Seite, sah auf seinen Kompass und sagte »nu ist er schon zwölf, der Junge. Meine Uhr geht wohl nach«. Und dann grinste er.

Ich setzte meine Mütze auf und ging zum Deich. Ohne Ziel, einfach nur los Richtung Deich. Es war schwer, sich nicht immer wieder umzudrehen. Ich zwang mich dazu, von unserem Haus bis auf die Deichkrone nicht den Kopf zu wenden, nicht zu dem Ort zu gucken, wo sie waren, wo sie redeten.

Ich hatte heute erst wenig gesagt, zu wem denn auch. Ich hatte meinen Kieker auch mitgenommen. Wie mein Vater vorhin. Ich wollte nach Schiffen gucken, das hatte ich mir gesagt. Das tat ich oft, wenn ich hierher ging. Manchmal konnte man mehr sehen als die Kutter und kleinen Fährschiffe. Die Fahne wehte. Ich guckte alle paar Minuten. Konnte sich ja immer ändern, ich hatte es erlebt.

Ich hatte die Deichkuppe erreicht. Der Wind packte mich, ich liebte diesen Moment. Es war, wie an ein Fenster zu kommen, das offen stand. Eine Wucht, die größer war. Ein Atemzug, endlich.

Die Schafe waren natürlich da. Viele. Die Bauern kennzeichneten sie mit Farben auf dem Fell. Denn die Weidegründe hatten ja keine Grenze. Und die Herden könnten sich vermischen, auch wenn das selten vorkam.

Die Herde teilte sich, als ich kam. Einige Böcke blökten. Andere bewegten nur den Kiefer. Schafe gucken immer so gleichmütig. Ich trat den Deich hinab auf das Vorland. Mein Reich, meine Leute. Ich versuchte, ein altes Spiel, zwei, drei Schafen über die Wolle zu streichen. Aber sie waren schneller, bis auf eines. Die dicke, fettige Wolle, meine Hand roch ein bisschen danach. Der Wind hatte, als ich hinunter trat, schon nachgelassen, wie immer. Hier sah die Welt aus wie eine endlose grüne Wiese. Es war Ebbe, die Gräben waren verlassen und grau. Ich ging ein paar Schritte nach Süden, wechselte dann Richtung Norden, wollte mich nicht recht entfernen. Schließlich stieg ich noch einmal zur Kuppe hoch und spähte durch meinen Kieker, ob sich etwas tat.

Nichts wollte geschehen, schien mir. Nicht einmal der Himmel wollte etwas anderes als nur blau sein. Ich rannte, den Schwung des Abhangs ausnutzend, Richtung Wasser. Oder was davon übrig war. Ich sprang über zwei Gräben, der zweite, der am Gatter, war breit, ich schaffte es knapp. Hinter dem Gatter hörte ich etwas. Ein Schaf. Die anderen waren direkt beim Deich geblieben, ein Ausreißer vielleicht? Ich konnte nichts sehen, sprang zurück, diesmal an einer engeren Stelle und kletterte über das mit Tauen gesicherte Gatter. Im Graben war es. Das Blöken immer gleich, klagend, schien mir. Denn das Schaf stand nicht, es lag in einem Graben.

Ich prüfte den Boden, ob er nicht zu weich war. Schließlich hatte ich das gute Zeug an. Es ging. Ich wusste, was geschehen war. Ich hockte mich neben das Schaf, das vor mir Angst hatte. Es konnte nicht fort. Ein Schaf mit solch einem dicken Fell konnte sich nicht mehr erheben.

Ich hockte mich daneben. Die Grassoden ragten in den Graben. Ich legte den Kopf schief und sah das Schaf an, das zitterte. Die Welt war umgefallen. Nur es und ich, wir waren noch gerade.

Ich schaffte es nicht allein. Es war zu schwer. Ich musste Hilfe holen, sonst würde es verhungern oder verdursten. Vielleicht sogar ertrinken, je nachdem, wie hoch die Flut steigen würde.

Aber durfte ich das? Würde ich nicht unerwünschte Aufmerksamkeit auf mich, auf uns, vielleicht auf unseren Hof ziehen?

Ich ging langsam zurück, stoppte kurz auf der Kuppe, der Wind trieb das Klagen zu mir. Ich machte, dass ich zurückkam. Und sagte dem alten Nagel Bescheid.

25.

Ich schlich zu unserem Haus nach dem Mittag. Die Tür nach hinten war offen, klar. Die Küche war leer, links Geschirr, große Mengen, viele Töpfe. Und der neue Herd voller Zeug. Eriksen, der Koch, kam rein, weiße Montur, er schmiss eine Zigarette hinter sich in die Kräuterbeete.

»Was machst Du denn hier?«

»Soll was holen. Ist drinnen.« Ich hoffte, meine Stimme hatte fest genug geklungen, um den Koch zu überzeugen.

Ich ging mit ungelenken Schritten, so normal ich eben konnte, zur Tür.

»Die sind alle draußen, spazieren.«

»Ja.« Ich schloss die Tür zur Antwort.

Dass sie weg waren, hatte ich gesehen von draußen, von hinten, darum traute ich mich ja schließlich auch. Und neben der Angst, entdeckt zu werden, und dem Wagemut, das mir Zustehende zu holen, kam jetzt noch die Wut zurück, die ich schon heute morgen verspürt hatte: Dies war unser Haus, warum sollte ich mich hier eigentlich fehl am Platze fühlen?

Ich fühlte mich mit jedem Schritt sicherer. Die Einzige, die mir noch in die Quere kommen konnte, war Irene, die hier heute ausdrücklich freien Zutritt hatte und erwünscht war. Sie hatte alles mit ihrem gestärkten Lächeln und Nicken hingenommen. Zu erkennen, was sie wirklich dachte, war mir nicht gelungen.

Ich drückte die Klinke zur Halle. Das Geräusch kam mir nun auf einmal doch viel lauter als sonst vor. Einmal umdrehen, nichts. Weiter.

Ich betrat die Halle, ging ohne einen weiteren Blick in die Runde zum Vitrinenschrank. Zweite von oben, hatte meine Mutter gesagt. Ich dachte kurz an die oberste, das Silberbesteck, das sonst in ihr lag, war heute bestimmt vollständig im Einsatz.

In der zweiten wurde ebenfalls Tischdekoration aufbewahrt: Deckchen, Serviettenringe, Untersetzer. Und heute – oder vermutlich schon seit ein paar Tagen – mein Geburtstagsgeschenk.

»Na, na!«

Ich erstarrte. Meine Ohren wuchsen nach hinten, schien mir, und nicht wie sonst, wenn ich Angst hatte, nach oben. Von hinten hatte jemand mich gemeint, gewusst, dass ich hier nichts zu suchen, und mehr noch – zu finden – hatte.

»Wohin denn?« Die Stimme klang amüsiert, nicht scharf. »Vaters Zigarren?«

Ich wagte es, mich umzudrehen. Er saß mit geschlossenen Augen da. Auf einem Stuhl, nicht einem Sessel, wie man bei einem Nickenden sonst vielleicht vermuten würde.

Hermann Göring hatte seine weißen Hände um seinen Bauch geschlossen, sie waren nicht gefaltet, sondern irgendwie ineinander verkeilt, schien mir. Er trug eine hellgraue Uniform voller Abzeichen und Orden. Wenn er ging, müsste das ganz schön klötern, dachte ich. Da öffnete er die kleinen, stechenden Augen: »Du bist der Sohn hier, richtig?«

Ich nickte.

»Sprich! Du weißt, wer ich bin?«

»Ja, das weiß ich«, sang ich tonlos.

»Weißt Du, warum ich hier bin?«

»Was Wichtiges, sagt Vater.«

Er lachte, lachte und lachte. Leise, keuchend. Seine Hände konnten den Bauch nicht halten, der bebte mitsamt seiner Tressen und Kordeln, Gürtel und Orden.

Göring stoppte sein Gelächter.

»Guter Junge, guter Junge!« Er stöhnte leise und richtete sich ein wenig auf. »Schluss mit Pause von der Weltgeschichte. Retten wir weiter das Vaterland. Nicht wahr?« Er setzte sich etwas gerader hin. »Lüg mich nicht an. Hast Verbot, hierher zu kommen?«

»Ja.«

»Hast es nicht aus Trotz gemacht, sondern wolltest etwas!«

»Ja.«

»Was ist es? Ein Geheimnis?«

Ich zögerte. Das war die Antwort, die er offenbar erwartet hatte.

»Gut, gut. Zigarren sind es vermutlich nicht.« Es schien ihm Spaß zu machen. Göring war nicht mehr der erwachende Berg von eben.

»Ist etwas, das Du mir sagen kannst? Etwas Persönliches, vermute ich. Etwas, das Deine Eltern besser nicht wissen sollten, richtig? Nein, etwas, das mit unserem Besuch hier in Eurem Haus zusammenhängt. Das ist es? Das ist es. Siehst Du, es hat keinen Zweck, den alten Onkel Hermann anzuflunkern.« Er grinste aasig.

Mir war nach seinem ersten Anruf warm geworden, jetzt war mir kalt.

»Geh nur, kleiner Herr des Hauses. Geh, ich schlafe doch! Und wenn ich doch etwas sehen sollte, glaube mir, ich habe so viele Geheimnisse in meinem runden Schädel, da bring ich Deines auch noch unter. Das bringt mich schon nicht um den Schlaf.« Er lachte lauter werdend und streckte auffordernd die Hand aus wie ein Regisseur oder Dirigent, der »und, bitte« sagt.

Ich ging verstohlen durch den Raum zum Schrank, öffnete zögernd, dann ruckartig die Schublade, sah ein in braunes Papier eingewickeltes, kleines Päckchen und nahm es heraus. Ich hielt es wie zum Beweis in die Luft und schaute ihn an.

»Gut, mein Sohn.« Er meckerte ein Lachen. »Und nun habe ich noch eine kleine Frage: Wie willst Du erklären, dass Du das Geschenk genommen hast. Ist heute Dein Geburtstag?«

Ich nickte und ging langsam in seine Richtung. Göring hatte die Hände wieder vor dem Bauch zusammengelegt. Als ich näher kam, guckte er zur Seite aus dem Fenster.

»Und doch ist es unrecht, was Du tust, mein Sohn.«

Die Predigt, jetzt würde er mir doch noch einen Segen verpassen.

Göring wandte sich wieder an mich: »Du hast vielleicht das moralische Recht an Deinem Geschenk. Aber wenn es fehlt, ist es einfach gestohlen. Du bist kein Geburtstagskind, sondern ein Dieb, mein Sohn!«

Er triumphierte, ich konnte merken, wie ihm wärmer wurde, je länger er gesprochen hatte. Der dicke Mann vor mir glühte bald, er beherrschte sich, um nicht wieder laut loszulachen.

Er stand auf, war noch größer, als ich gedacht hatte. Er legte die Hände auf den Rücken, machte eine auffordernde Kopfbewegung, ich solle ihm folgen, und stolzierte durch das Zimmer. Erst ein paar Schritte zum Fenster, dann drehte er tänzelnd um, schritt weiter in Richtung der schmalen Wand neben der Hängevitrine mit den Sammeltassen darin. Er sah sich nicht nach mir um, winkte aber, bis ich neben ihm stand. Er blickte auf die Dinge, die an der Wand festgemacht waren. Ein letzter Wille des seligen Koogsfinanziers Sönke Nissen. Ein Bantu-Speer. Ein Schild. Ein Messer, schwarz an der kurzen Klinge, der Griff verziert mit Lederfiguren. In jedem der Farmhäuser hier im Koog hingen derlei Erinnerungen an Afrika. Sozusagen als letzter Beleg für die Herkunft der Häuser.

Göring wandte sich an mich, legte zwei Finger unter mein Kinn, hob es. Brannte mit seinen Augen Löcher in mich. Atmete hörbar, aber ruhig. Nahm das Messer von den beiden Haken, auf denen es lag, und hielt es mir an die Wange. Ich spürte die Kälte.

Er flüsterte: »Ich schneide Dir noch einen Mund.«

Ich machte nichts, konnte nichts machen.

»Ich schneide Dir einen hübschen zweiten Mund, mein Junge, mit diesem Kafferdolch! Und weißt Du warum?« Er lachte heiser auf. »Weil ich es kann. Der nette Onkel Hermann kann es einfach.«

Ich stand. Die Uhr schlug und rettete mich. Es war, als würde der Klang in ihn eindringen. Langsam. Er fuhr sich über die Augen.

Er ließ die linke Hand von meinem Kinn und griff mit ihr einen unteren Knopf meines guten, weißen Hemdes. Dann schnitt er ihn langsam mit dem Messer ab und warf ihn beiseite. Göring legte das Messer mit ruhigen Bewegungen zurück, drehte sich um und sprach wieder mit mir wie vorher. Nur ein wenig heiserer.

»Nun, also, der junge Herr des Hauses ist also ein kleiner Dieb. Wahrscheinlich schießt er auch mit Flitzebogen auf die Hühner und«, er lachte künstlich auf, »bindet der Katze eine brennende Zigarre an den Schwanz.« Er drehte sich wieder um.

»Ich brauche das alles gar nicht im Einzelnen zu hören, mein Junge. Ich weiß auch so längst darüber Bescheid.« Er kam erneut auf mich zu, drehte dann aber wieder ab und brummte: »War doch auch mal ein Junge. Klar doch!«

Ich fühlte mich wie in Watte. Ich sah ihn, ich hörte ihn, ich nahm jede seiner Regungen auf, ich konnte seine Worte erfassen. Was hatte das mit mir zu tun? Je länger Göring mich anschaute, desto schaler wurde mein gutes Gefühl, das Päckchen nun doch in der Hand zu halten.

»Ich helfe Dir!«

Göring hatte die rechte seiner weißen Hände vom Koppelschloss genommen und ließ sie durch die Luft segeln.

»Ich helfe Dir da raus, mein Sohn.« Er gestattete sich ein Grinsen. »Ich werde sagen, ich habe das Paket da rausgenommen. Auf der Suche nach …« Er schaute sich um, »auf der Suche nach, hier …!« Der dicke Hermann Göring wies auf eine Schale mit frühen Äpfeln, »auf der Suche nach einem Obstmesser. Ja, das ist gut!« Er kicherte und sprühte Speichel wie ein erkälteter Vulkan.

Ich blieb vor ihm stehen, stockte beim erneuten Anblick eines Messers in seiner Hand. Ich merkte gleichzeitig all meine Glieder: Meine Beine, die müde waren, meine Arme, die an meinen Schultern rissen, meine Hände, die so gern in die Hosentaschen wollten mit dem kleinen Packpapier samt Inhalt.

»Was ist denn drin? Zeig einmal!«

Mechanisch reichte ich Göring mein verpacktes Taschenmesser, mein Messer. Ich ließ es fahren ohne jede Hoffnung.

26.

Nach der Mittagspause kamen die Herren wieder. Die meisten in grau, einige in Uniformen, manche in dünnen Nadelstreifen. Nicht wenige trugen Schnurrbärte, gewachst, gekämmt. Sie sprachen dröhnend, die meisten auf Englisch. Mein Vater, der es selbstverständlich war, auf den ich wartete, kam nicht mit. Er war von Lord Charles Spencer zwar als

Begleiter des Spaziergangs in der Mittagspause ausgewählt worden, bei den eigentlichen Beratungen aber fehlte er.

Er würde dennoch jede Minute kommen, da war ich mir sicher. Göring erhob sich und ging tänzelnd zu den anderen Gästen. Er scherzte mit dem einen oder anderen, das Gesicht fröhlich, er lachte immer wieder zwischendurch.

Herr Dahlerus betrat den Raum, und sofort wurde das Gespräch zu einem Gemurmel, das alsbald auch noch versiegte. Er bat in höflichen Worten, erst auf Englisch, dann auf Deutsch an den großen, runden Tisch, den der Möbelhändler neulich erst geliefert hatte.

Johansson und Karlsson erschienen, in schwarzen Anzügen, mit Handschuhen. Erst jetzt wurde ich bemerkt, der ich immer noch bei den Sesseln stand. Johansson sprach mich leise an. Ich konnte nicht folgen, wie erstarrt blieb ich, wo ich war, als sei ich eine Stehlampe oder eine Bodenvase.

Göring sang durch den Raum: »Der Junge bleibt hier. Der gehört zu mir! Mein Sekundant!«

Herr Dahlerus ging, noch während er das sagte, ein paar Schritte auf mich zu. Er hielt bei Görings letzten Worten inne und drehte sich, breit lächelnd, halb zu ihm um. »Ihr Beistand, verehrter Herr Generalfeldmarschall?«

Göring dröhnte, der Bauch hüpfte. Dahlerus übersetzte es seinen englischen Bekannten. Sie schmunzelten über mich.

Ich blieb also, auch wenn ich nicht recht wusste, warum und wozu. Johansson wurde geheißen, einen weiteren Stuhl an den Tisch zu stellen. Er holte einen und platzierte ihn rechts hinter Göring. Links saß auch schon jemand, einer in Uniform, der zu Göring gehörte.

Die Herren holten bald ihre Lederetuis aus den Innentaschen und präparierten ihr Rauchwerk. Zigarren, Pfeifen unterschiedlichster Länge und Form, Zigaretten. Karlsson schenkte eifrig nach, Sherry und Port, nicht von uns, wie ich bald feststellte, auch das hatte Herr Dahlerus offenbar bringen lassen.

»Können Sie uns Hoffnung machen auf ein offizielles Treffen mit der deutschen Führung?«

»Welche Garantien können Sie uns zurück mit nach London geben?«

»Müssen wir wirklich keine weiteren Gebietsansprüche des Deutschen Reichs befürchten?«

Die Fragen wurden ringsherum gestellt und übersetzt von Herrn Dahlerus. Das bedeutete, dass sie allesamt in seinem angenehmen Singsang vorgetragen wurden, der Menschen in einer ihnen fremden Sprache, und mögen sie sie noch so gut beherrschen, eigen ist.

Göring blieb freundlich im äußeren Ausdruck. Wann immer er seinen Kopf so drehte, dass ich ihn sehen konnte, schien ein leichtes Lächeln in seinem Gesicht zu stehen. Er hörte sich die Fragen der Reihe nach an, an einer Debatte schien er nicht interessiert zu sein. Er war ein Bollwerk, an das die Fragen schlugen. Schließlich trank er von Zeit zu Zeit aus der weißen Kaffeetasse des Hotel-Services, mit dem der Tisch gedeckt worden war. Wenn eine Frage zu Ende gestellt und übersetzt worden war, machte er die mir schon bekannte Geste des Antreibens, man möge doch fortfahren.

Schließlich sagte er: »Meine Herren, Exzellenzen! Vor Ihnen sitzt nun nicht nur einer der mächtigsten Männer des Reichs und einer der entscheidenden Lenker unseres Schicksals«, er machte eine Pause, damit Herr Dahlerus übersetzen konnte. »Mit meiner Person haben Sie auch einen großen Bewunderer der britischen Tradition vor sich. Insbesondere der militärischen.« Görings Stimme war immer leiser geworden.

Dann schrie er: »Und wenn ich Ihnen sage, dass nichts und niemand unser Wort brechen kann, dann gebe ich Ihnen damit meinen heiligen soldatischen Eid. Es kann und darf kein Krieg, nicht einmal Unfrieden zwischen unseren Völkern sein. Wir werden alles ...«, er schöpfte Atem und sprach mit leiserer, feierlicher Stimme weiter, »... alles, was in unserer Macht steht, und glauben Sie mir, das ist einiges, dafür tun, dass ein Frieden bestehen bleiben kann. Ein Zwei-Mächte-Treffen? Wann und wo Sie wollen! In London, Berlin, in Genf oder im Vatikan, wenn Sie wollen, aber da wäre Ihr Staatsoberhaupt sicher nicht so ganz damit einverstanden.« Er lachte, und das solange, bis Herr Dahlerus fertig übersetzt hatte und die Herren am Tisch ebenfalls mit Lachen einsetzten.

Göring blickte triumphierend in die Runde, verschaffte sich erneut Aufmerksamkeit, indem er die Hände erhob. Er wartete lächelnd, bis jeder still geworden war. Herr Dahlerus machte eine minimale auffordernde Handbewegung. Göring verstärkte sein Lächeln, er glühte weiß.

»Meine Herren, Freunde, wenn ich so sagen darf. Ich habe …«, er wandte seinen Kopf nur um ein paar Grad zu mir, ich merkte es, dass er mit der Bewegung mich meinte, »ich habe vor gar nicht langer Zeit dieses Geschenk von einem Verehrer bekommen.« Göring holte mit einer Zirkuszauberergeste mein Geschenk aus der Rocktasche und hielt es vor sich. Begutachtete es, wog es, lächelte, brummte fragend, als wolle er von dem Päckchen eine Antwort. Unruhe kam auf. Einzelne Herren husteten, zwei steckten die Köpfe zusammen, einer fragte halblaut etwas.

»Wir Deutschen wissen, was Höflichkeit bedeutet.« Göring begann mit großen Gesten, das Geschenk zu öffnen, er streifte das Tau vom Packpapier und wickelte es langsam ab.

»Und wir wissen, wer wir sind und was wir wollen.«

Göring sah erfreut, was er in den Händen hielt. Die Pointe für seine Friedensrede. Mein Taschenmesser. Es hatte einen schönen braunen Griff. Göring hielt es in seiner Hand vor den anderen verborgen.

»Und wenn wir kommen, da werden Sie mir sicher zustimmen, kommen wir nie unbewaffnet.«

Das Husten und die Reden zwischen den Herren wurden unruhiger. Herr Dahlerus übersetzte schnell mit halblauter Stimme.

»Es kann manch ungeübtem Beobachter so vorkommen, als sei das eine Provokation. Dabei sind unsere Klingen zwar scharf«, Göring nahm das Messer in die rechte Hand, öffnete es geschickt, drehte sein Gesicht zu mir, ließ kurz sein breites Lächeln verschwinden und zog eine geschwungene Linie mit einer Bewegung durch die Luft. Der Mund. Mein Gesicht brannte.

»Sie dienen aber ...«, er wendete seine Hand, sodass es nicht mehr bedrohlich aussah, »... lediglich dem Hausgebrauch!«

Göring lachte auf. Er sprang vom Stuhl, wie man es ihm gar nicht zugetraut hätte, sprang zu Lord Spencer hinüber und überreichte ihm mit gespielt feierlicher Geste das Taschenmesser.

Die Spannung fiel in einem donnernden Lachen aller zusammen. Applaus kam auf, der von freundlich lautem Gerede aller abgelöst wurde. Männer lachten und lächelten, steckten zu zweit und zu dritt ihre Köpfe zusammen. Zigarren und Pfeifen wurden neu entzündet. Göring ließ Wein bringen, die Gläser wurden gefüllt.

Er drehte sich nur einen Moment lang zu mir um. »Na!«, und abgesetzt: »mein Sohn?«

Die Herren erhoben sich. Nicht wenige drängten

zu Göring und wollten anstoßen. Später erfuhr ich, dass Göring selbst schon bei dem schwedischen Mahl zu Mittag das Aquavitgläschen erhoben hatte und ein »Skol!« auf den Frieden getrunken hatte. Die Resonanz war aber höflich, mäßig gewesen. Irene hatte es gesehen und berichtete mir später davon.

Ich erhob mich ebenfalls, als die Männer auf Göring zukamen, trat ein paar Schritte zurück und drängte zur Tür. Herr Dahlerus, wahrscheinlich durch Zufall, stand in meinem Weg.

Er sah mich an, einen Moment länger, als er es getan hätte, wären wir uns sonst auf einem Weg begegnet, sei es im Hof oder auf der Treppe. Er strich sich mit den Fingern nicht, wie ich zunächst dachte, über das Kinn, sondern langsam über die Lippen, als wolle er sie versiegeln. Ich nickte und ging meiner Wege.

Wie ich nach draußen kam, ist mir nicht mehr klar. Ich sah niemanden. Dass auch mich niemand sah, scheint mir mehr als unwahrscheinlich zu sein. Zu viele Helfer, Köche, Adjutanten, Offiziere waren hier. Auch Karlsson und Irene, mein Vater, der irgendwo ganz in der Nähe gewesen sein musste. Als Einzigen sah ich Johansson, aber erst, als ich am Rande des Feldes hinter dem Knick wagte, auf das Haus zurückzublicken. Er ging aus der Küchentür nach draußen, sein dunkler Anzug leuchtete. Er holte etwas aus der Tasche, sicher seine Spitze, und steckte sich eine Zigarette an.

27.

Die Beratungen dauerten noch bis zum Nachmittag. Ich hatte mich im anderen Haus wieder in meine Kammer gestohlen, den Kieker an der Dachluke. Mein Fehlen hatte offenbar keiner bemerkt. Der alte Nagel hatte zwar mit den Augenbrauen gewackelt, aber was wusste der schon.

»Da fehlt ein Knopf!«

»Ja, weiß ich.«

Ich guckte und wartete. Mein Eindringen würde herauskommen, da war ich mir sicher. Ein Bediensteter, die Hamburger Hotelleute, vielleicht sogar Irene? Ich war nicht sicher, ob sie – im Angesicht so wichtiger Leute auf unserem Hof – nicht zu einem Verrat fähig war.

Schließlich hörte ich jemanden die Stiege heraufkommen. Ich stand auf, richtete meine Kleidung, rechnete mit einer knappen Anrede und der Aufforderung mitzukommen.

Ludwig hatte eine Ledermappe dabei. Ich sah sie zum ersten Mal. Hellbraun, die Adern heller, die Ecken rund, das gelbe Schloss angelaufen.

»Hier! Das wollte ich Dir schon lange mal zeigen.«

Ludwig setzte sich auf das Bett und öffnete die Mappe. Ich setzte mich gegenüber, auf das Kopfkissen.

»Hab ich damals gesammelt. Ich dachte, sonst glaub ich das vielleicht alles selbst nicht mehr irgendwann.«

Er holte ein Bündel ungeordneter Zettel aus der Mappe. Viele Zeitungsausschnitte, einige gelbe Papiere, andere grün, viele gefaltet, eingerissen.

»Guck mal, ›Windhoeker Anzeiger‹: ›Aus der Lüderitzbucht kommt eine Alarmnachricht. Es sollen einige Kilometer landeinwärts an der Bahnstrecke echte Diamanten gefunden worden sein.‹«

Ludwig faltete den Zeitungsausschnitt weiter auseinander, las den unteren Teil.

»Und hier weiter: ›Es soll auch eine Reihe von Schürfscheinen gelöst worden sein.‹«

»Schürfscheine?«

»Die brauchte man doch, um die Klippies offiziell einsammeln zu dürfen.«

Ludwig breitete den Zeitungsartikel auf meiner Bettdecke aus. Er holte weitere und tat dasselbe.

»Süsserotts illustrierter Kolonialkalender, Deutsch-Südwestafrikanische Zeitung«, las ich laut.

»Die meldeten das durch das ganze Land, ach, durch den halben Kontinent. Und dann ging es los!«

»Was?«

»Na, der ganze Kram: Leute, Spinner, ganz Schlaue, Strategen, Abgebrannte, so Genies mit Schaufel und Rucksack, alles. Hatten alle Diamanten in den Augen.«

»Und die Bahn?«

»Die wurde weitergebaut, gleich noch eine Nebenstrecke an die Diamantenfelder, nach Kolmannskuppe. Die Strecke ging aber erst nach Aus, dann kam die Erlaubnis, dann bis Kalkfontein.«

»Wie hier die Höfe: Kolmannskuppe, Kalkfontein. Warum hat Herr Nissen die Namen ausgewählt, wie welcher Hof heißen sollte?«

»Weiß nicht, sollte vielleicht nur nach was klingen.«

»Vielleicht die wichtigsten Plätze. Lüderitzbucht. Da ging alles los, die Bahn und so. Kolmannskuppe, da waren die Diamanten. Kalkfontein, da war das Ende der Strecke. Und Seeheim, Grasplatz, Elisabethbay …?«

»Keine Ahnung.«

Ich guckte auf die Ausschnitte, streckte Ludwig die Hand hin.

»Was hast Du noch?«

»Ach, Arbeitszeugnisse. Empfehlungsschreiben, Lohnabrechnungen. Einige Briefe.«

»Du hast weitergebaut?«

»Arbeit. War eben meine Arbeit. Ein paar Monate später kam ja schon der Sperrerlass. Keiner konnte mehr Land kaufen. Alles an den Staat. War kurz. Der Rausch.«

Ludwig klopfte mir auf das Knie und wies zur Tür. Ich hatte verstanden, er musste wieder gehen. Ich hielt die Ausschnitte in die Höhe als Frage, ob er seine Sachen wieder mitnehmen wolle. Er schüttelte den Kopf und ließ mich allein.

Einige Zeit später hörte ich seine Stimme wieder.

»Essen, Hannes.« Er war den Tag über nicht wie sonst bei der Arbeit auf dem Hof gewesen, auch er durfte Elisabethbay nicht mehr ohne Weiteres betreten.

»Kannst Du eigentlich was sehen durch die Luke?«

»Nein. Tut sich nicht viel.«

»Ja, finde ich auch. Hoffentlich geht das bald vorbei mit dem Besuch. Das ist nicht gut hier.«

»Warum nicht?«

»Das hier«, Ludwig stapfte mit seinen Füßen auf, »die Höfe, die Felder, alles das. Ist doch gerade noch Meer gewesen, ist doch fast kein Land. Von hier kann doch kein Krieg verhindert werden.«

Ich antwortete nicht. Weiter fragen mochte ich aber nicht, auch wenn ich kaum etwas verstanden hatte. Ich wollte ein guter Freund sein, keine Nervensäge.

Ludwig erhob sich seufzend von meinem Bett und wiederholte seine Aufforderung, doch mit hinunter zum Essen zu kommen.

28.

Wir saßen alle in der Küche. Der alte Nagel, Irene, sogar meine Mutter, die sich in einem der Armlehnstühle ihr Strickzeug auf ihren großen Bauch gelegt hatte.

Mein Vater kam zur Hintertür herein: »Er ist weg. Göring ist gerade gefahren, nach Niebüll, dort will er in seinen Zug steigen und nach Sylt weiter in sein Haus.«

Er musste Luft holen und tat das wie ein Läufer nach langer Strecke.

»Die Herren bleiben bis morgen, vielleicht auch bis übermorgen. Ich gehe jetzt auch wieder hinüber.« Mein Vater sagte es zu meiner Mutter, die als Antwort nickte, aber er ging erst, nachdem der alte Nagel laut »ja, gut!« geantwortet hatte, was meinen Vater wiederum zu einem kurzen Innehalten brachte.

Ich ließ eine Weile verstreichen und murmelte dann ein paar Worte von »noch mal rausgehen« und erhob mich. Ludwig, von einem Seitenblick meiner Mutter und einem Ellbogenrempler Irenes ebenfalls dazu aufgefordert, erhob sich und folgte mir.

Der Abend war klar, rote Schleier waren am Himmel aufgespannt. Der Himmel zeigte, was er konnte, um uns zu beweisen, wie klein wir doch waren. Ludwig nahm seine Pfeife zwischen die Zähne und murmelte »einverstanden, rüber, um zu gucken, aber vorsichtig, mein Jung', immer schön vorsichtig.«

Wir schlichen uns nicht gerade durchs Unterholz an, aber ein wenig wie bei Winnetou war es schon. Hintereinander, nicht nebeneinander wie sonst, gingen wir mit langsamen Schritten die Auffahrt hinunter. Wir bogen auf die Chaussee, nachdem Ludwig zu beiden Seiten geguckt hatte, ob jemand uns sähe. Er hielt mich auf Abstand mit den Händen hinterm Rücken. Ein lachhaftes Bild gaben wir ab, Bauerndetektive, Anfänger zudem.

Ludwig ging voraus, brummte alle paar Meter eine Frage nach hinten, die mir zeigte, dass ihn mein Interesse an dem Besuch und dem Treffen doch wunderte. Was dachte er, was wusste ich? Was wollte ich: nur gucken, etwas entdecken, um später damit anzugeben? Oder war da ein anderer Abenteuergeist in mich gefahren am Vorabend des Krieges. Oder, vielleicht grübelte er darüber, war ich nur unruhig aus einem kindlichen Instinkt heraus, weil ich spürte, dass es nebenan, in meinem Zuhause, um das Schicksal unserer Welt ging?

»Hast Du was mitgekriegt heute?«

»Ja, bisschen, war aber nicht viel zu sehen.« Ich war froh, dass ich hinter Ludwig trottete.

»Bist aber nicht drüben gewesen?«

»Ach.« Ich atmete aus, so leise und unauffällig, wie ich konnte. Ich hoffte, meine wegwerfende Bemerkung würde ihn zufriedenstellen. Ich spürte die Hitze in mir aufsteigen. Wenn Ludwig so weiterfragen würde: Wieviele Lügen konnte ich ihm verkaufen?

Meine Lust, nach Elisabethbay zu gehen, sank mit jedem Schritt.

»Dein Vater ...«, Ludwig suchte hörbar nach dem nächsten Wort, nach der Wendung, »... ist den ganzen Tag vorne hin und her gelaufen. Immer vor der Tür, auf der Bank da hat er gesessen, vor der Haustür. Und dann ist er immer aufgestanden, wenn etwas war, wenn einer kam oder was wollte. Er hatte Angst, dass irgendein Besuch kommen könnte und die Herren stören würde. Passiert ja sonst auch nicht! War natürlich heute auch nicht. Und dann ist er vielleicht einmal die Stunde zu uns hinüber gekommen. Wollte was trinken, essen, aber eigentlich erzählen, was er erlebt hatte.«

»Und?« Ich war sehr froh, dass Ludwig nun auch die Führung im Gespräch übernommen hatte.

»Na, nichts.«

Wir wurden langsamer. Der Abend war immer noch hell, Schutz oder Deckung gab es wenig, wir bogen Schritt für Schritt in die Einfahrt ein. Die Haustür war geschlossen, die Bank davor war leer.

»Rüber zum Wagen.« Wir gingen mit schnellen Schritten auf die eine Limousine zu, duckten uns dahinter. Das Haus lag in Ruhe da.

»Nicht hintenrum, da sind zuviele. Vorne, und dann zu den Fenstern.«

Ludwig erstaunte mich. Natürlich waren wir jetzt schon mal da, und bis jetzt war alles gutgegangen. Wir konnten also vielleicht noch etwas riskieren.

Wir gingen durch die Büsche, vorne herum, unter die Fenster. Das war unser Plan. Gebückt, so leise wie möglich.

Der Abend war lau, die Fenster waren alle weit geöffnet. Wir gingen bis an den Rand. Wenn Ludwig sich vorgenommen hatte, mir mein Nachspionieren auszureden, dann hatte er seine Pläne inzwischen offenbar geändert. Denn er machte nun nicht mehr nur beschwichtigende Zeichen, dämpfte meinen Eifer, er führte vielmehr unser kleines Unternehmen an.

Er schob seine Mütze in den Nacken, drehte sich kurz grinsend zu mir um und winkte, dass ich ihm nachfolgen sollte. Wir waren beim nächsten Fenster. Sie standen nach außen offen, festgemacht an den Sturmhaken am Sims. Stimmen drangen aus der Halle. Ludwig streckte seine Hände nach hinten und zog mich langsam dirigierend vor sich, drückte mir auf die Schultern, ob ich es wollte oder nicht, war mir in diesem Moment nicht mehr klar, Ludwig hatte entschieden. Ich bückte mich unter dem Fenster durch und hockte mich unter die offenen beiden Flügel, wobei Ludwig und mir klar war, dass mich an dieser Stelle so schnell niemand würde entdecken können. Vor dem Fenster innen stand ein hölzernes Treppchen voller Messingtöpfe mit Blumen. Schon um das Fenster zu öffnen, musste Irene sich immer weit über das Grünzeug beugen.

»Ein gewandt redender Mann, ja gewiss, gewiss, nur inwieweit hat er Prokura zu entscheiden?«

Ich erschauerte, die Stimme meines Vaters zu hören.

»Er steht, scheint mir zumindest, zu seinem Wort, und das, Herr Bahnsen, finde ich, ist in der gegenwärtigen Lage nicht hoch genug zu bewerten.« Herr Dahlerus antwortete mit seiner singenden, angenehmen Stimme: »Ich, nein, wir alle, müssten uns schon sehr in ihm täuschen.«

»Tja, wer weiß, wer weiß.«

»Sie gestatten?«

»Gern, Herr Dahlerus, gern.« Ich hörte, wie Gläser gefüllt wurden.

»Die anderen Herren sind …«, mein Vater dehnte das letzte Wort und wartete, bis Herr Dahlerus den Satz vollendete, »… haben sich ein wenig zurückgezogen. Ich denke, der eine oder andere wird uns in Kürze noch einmal Gesellschaft leisten. Sie wollten sich ein wenig ausruhen, nach dem aufregenden Tag. Einige sprachen davon, ihre Gedanken und die Worte des Herrn Generalfeldmarschalls zu Papier bringen zu wollen.«

Ludwig trat mich vorsichtig ans Schienbein und machte, als ich hochguckte, eine Kopfbewegung, die mich zum Kommen aufforderte. Ludwig nickte. Es war gut nun, wir sollten besser unser Glück nicht länger strapazieren.

Wir gingen langsam den Weg zurück, jetzt allerdings ohne Bücken oder Deckung am ersten Fenster vorbei, dem kleinen Salon. Dort war ja auf dem Hinweg niemand gewesen.

Wir kamen wieder an der Vorderseite des Hauses an, Ludwig hatte mir zwischendurch zugeflüstert, wir sollten jetzt nicht mehr hinter den Limousinen entlang, sondern gerade zur Ausfahrt über den Hof.

»Ludwig!«

Es klang nicht befehlend, sondern erfreut. Eine Frauenstimme, älter, nicht zuzuordnen.

Wir drehten uns um, wir Ertappten. Es war Frau

Elisabeth Dahlerus, die mit langsamen Schritten auf uns zukam. Sie trug ein grünes, gemustertes Kleid und eine weiße Stola. Ihre Haare waren wie immer zu einem Knoten geschwungen. Sie lächelte und breitete ihre Arme ein wenig aus, was ihrer Stola das Aussehen von zwei Flügeln gab.

»Wie lange, Ludwig?«

»Frau Nissen.« Ludwig lächelte strahlend und nahm schnell seine Mütze ab. Seine Stimme klang voll und warm, er war ehrlich erfreut.

»Wie lange ist es her, Ludwig?«

»Lange, Frau Nissen, sehr lange!«

»Dahlerus, ich heiße doch jetzt schon lange Dahlerus, Ludwig!« Sie tänzelte ein wenig weiter auf uns zu, reichte uns nacheinander die Hand.

»Frau … Dahlerus.« Ludwig sprach stockend, als wollten die Worte nicht aus seinem Mund. »Gestatten Sie mir, dass es mir schwerfällt.« Er lächelte sein schönstes Ludwiglächeln. »Ich meine, ich habe ja gar nichts gegen den Herrn …«

»Dahlerus, Ludwig. Dahlerus.«

»Er scheint ja auch ein nobler Herr zu sein. Und ich habe darüber ja auch gar nicht …«

»Dann nenn mich doch ›Frau Konsul‹, Ludwig, wie Du es damals auch manches Mal getan hast. In Lüderitzbucht, weißt Du noch?«

»Ja, Frau Konsul!«

Ihr erster Mann war aus Dankbarkeit für seine Wohltaten zum Honorarkonsul ernannt worden. Ludwig hatte mir davon erzählt. Die Nissensche,

Frau Dahlerus, Frau Konsul schlang die Stola um den Körper und seufzte: »Ist das nun gut, Ludwig? Das Treffen hier und alles? Ich weiß gar nicht mehr recht, was ich glauben soll. Göring, die Engländer, Hitler, dieser ...« Sie hatte sich rechtzeitig wieder im Griff. Ich tat, so gut ich konnte, als hätte ich nichts gehört oder verstanden. Dabei trat ich ein wenig hin und her. Wohl so sehr, dass Frau Konsul mich ansprach. Oder so ähnlich.

»Ach, Ludwig, das ist also der Junge, also der Junge vom Hof hier? Ich weiß gar nicht, warst Du nicht ... Nein, ich sage es nicht, das macht so alt, wenn man selbst feststellt, wie die Kinder einem davonwachsen. Also, Du bist ...«

Ich streckte abermals meine Hand aus und schüttelte ihre kurz darauf so wenig und so höflich, wie ich konnte. »Ich heiße Hannes Bahnsen.«

Ich versuchte eine kleine Verbeugung, die aber schon im Ansatz steckenblieb.

»Das ist der Junge, Frau Konsul. Ist ein guter Junge. Und vielleicht haben Sie ihn ja auch in den letzten Jahren schon gesehen, wenn sie gekommen sind nach der Ernte im Herbst.«

»Ja, aber darauf kann man ja dann nicht so achten, verstehst Du. Ludwig, auch Dich, mein Lieber, habe ich ja nicht richtig beachtet, nicht beachten können! Denn es ist immer soviel zu bereden und zu besprechen ...«

Ludwig unterbrach sie und bestätigte: »Gerade jetzt, Frau Konsul, gerade jetzt!«

»Ja, richtig.« Frau Konsul kicherte und trat einen weiteren Schritt zu uns heran. »Aber ist das richtig, Ludwig, ist das alles richtig, der ganze Aufwand, die Geheimhaltung und das? Was hätte wohl der Herr Konsul dazu gesagt?«

Ludwig schaute zur Seite, nicht überlegend, sondern wissend. Er fuhr sich mit der großen Hand über das müde Gesicht und die graublonden Haare.

»Er hätte gefragt, wie immer: Cui bono? Wem nützt es?«

»Ja, das hätte er vielleicht, aber nützt es denn überhaupt?«

Die Antwort auf die Frage hätte mich schon interessiert, aber das Gespräch wurde unterbrochen. Mein Vater kam zur Tür heraus, sah uns in der Auffahrt stehen und wurde nur durch das anschließende Erkennen von Frau Konsul gebremst.

»N'Abend!«

»N'Abend, Bahnsen.« Frau Konsuls Tonfall hatte wieder den herablassenden Ton wie immer vorher, wenn ich sie sprechen gehört hatte.

»Sie haben sicher einen anstrengenden Tag gehabt, Bahnsen, was?«

»Ja, es geht. Aber ein bisschen Verantwortung hat man ja auch, nicht wahr?« Mein Vater zwang sich zu einem freundlichen Gesicht, hob gespielt langmütig die Augenbrauen.

»So? Nun, ich werde meinen Mann ein wenig unterstützen, es ist manchmal ja ein bisschen schwierig, soviele Gäste allein bei Stimmung zu halten, nicht?« Frau Konsulin nickte Ludwig und mir zu, schaute meinem Vater einen Moment lang direkt ins Gesicht und ging, nachdem sie die Stola erneut über die Schulter geschwungen hatte, zum Haus zurück.

»Hannes.« Mein Vater guckte ihr nach, sprach aber zu mir. Nicht verärgert, doch heiser im Ton, fast brüchig.

»Ludwig. Hier gibt es wohl nichts mehr zu tun. Gehen wir nach Hause. Oder?« Er merkte, was er gerade Falsches gesagt hatte, und korrigierte sich: »Gehen wir hinüber. Dir fehlt da ja ein Knopf!«

»Weiß ich.«

29.

Wir waren erst ein paar Schritte gegangen, da drehte ich mich um. Ich hörte etwas hinter uns auf der Chaussee. Der Abend war inzwischen schwarz wie Tinte.

Und dann sah ich doch etwas, das zum Klappern gehörte. Ich hielt an und zupfte Ludwig am Arm. Ein Feuerschein bewegte sich. Kam näher. Schwankte auf und ab über der Straße wie ein Irrlicht. Wie ein Feuer.

»Was ist?« Mein Vater hatte bemerkt, dass wir anhielten.

»Da.«

»Was zum Teufel ist das?«

Die Straße gab die Antwort. Deutlicher hörte man jetzt mit jeder Sekunde Hufgetrappel. Ein Pferd, soviel stand fest. Und eine Fackel.

»Was ist das?« Mein Vater kniff die Augen zusammen und ging ein paar Schritte auf das schwankende Feuer zu. Bald war es so nahe, dass wir noch mehr erkennen konnten.

Pay Cornelsen hielt die Fackel in der Hand. Er hatte seinem Pferd extra Scheuklappen angelegt. Er trabte, wurde langsamer. Pay Cornelsen trug seine Uniform. Braunes Hemd, Mütze mit Sturmriemen, Lederkoppel mit SA-Dolch. Im Feuerschein flackerte sein Gesicht. Seine Augen suchten unseren Blick, wanderten von einem zum anderen.

Wir waren bereits ein kleines Stück von unserer Einfahrt entfernt. Pay Cornelsen hielt genau davor. Er erkannte uns und ließ sein Pferd, das Arat hieß, wie ich wusste, auf uns zugehen. Die Hufe klangen wie eine langsam geschlagene Trommel.

»He, Ihr!«

Wir standen unschlüssig nebeneinander, kaum fassend, was wir sahen.

»Sprecht Ihr nicht? Hier wird doch soviel geredet sonst. Besonders heute. Mit alten Bekannten. Schweden und Nazis und so.« Arat drehte sich zur Seite, Pay hielt ihn.

»Hannes Bahnsen. So heißt Du doch. Hannes Bahnsen. Geh und hol mir den Generalfeldmarschall, hörst Du!« Seine Stimme wurde höher. Sein Blick stach.

»Cornelsen, ist gut jetzt.«

»Nee, ist gar nicht gut. Ludwig. Du hast hier kein Recht, so mit mir zu sprechen. Du bist nicht von hier. Du bist auch nur so ein Angespülter. Der große weltbefahrene Ludwig. Du sprichst nicht mit mir. Ein Knecht. Ludwig. Du nicht!«

»Dein Pferd hat Angst, Pay Cornelsen. Vor Dir!«

»Und Du? Hast Du Angst?«

Ludwig schwieg. Mein Vater atmete schwer, hob an, auch etwas zu sagen. Er trat hervor, breitete die Arme aus. Räusperte sich. »Pay. Nun werd' doch vernünftig, Pay. Bringt doch nichts. Das hier. Ist doch alles Unsinn.«

Pay Cornelsen ließ seinen Blick noch einen Moment länger auf Ludwig, wandte sich dann meinem Vater zu.

»Ja? Der Herr Koogsbauer kennt also noch meinen Namen. Bringt nichts hier. Nein?« Er schwenkte seine Fackel, beugte sich dann hinunter, sprach wieder zu mir: »Hannes Bahnsen, beweg Deinen kleinen Koogsbauernjungenarsch und hol mir meinen Oberbefehlshaber. Ich habe eine Frage an ihn, allergehorsamst. Ich will ihn fragen …«, Pay richtete sich auf, atmete ein, dass sein Rücken gerade wurde. Dann setzte er mit klarer Stimme fort, aus der auf einmal alles Irrsinnige gewichen war. Anstatt dessen klang sie singend und klagend: »Ich will ihn fragen, ob er mir meinen Bruder wiedergeben kann!«

Mein Vater stieß Ludwig an, der mich ansah. Sie gingen einige kleine Schritte auf Pay Cornelsen zu, der seinen Arm, den mit der Fackel, nicht mehr abstützte, sondern seitlich in die Luft hielt. Mein Vater lugte, ich merkte es, zur Einfahrt von Elisabethbay, ob dort jemand etwas von dem merkwürdigen Schauspiel, dem Feuer oder dem lauten Gerede, mitbekommen habe. Es rührte sich nichts. Ludwig näherte sich mit offener Hand Arat. Ich bemerkte auf einmal etwas hinter dem Pferd. De leeve Gott. War er schon die ganze Zeit dagewesen? Hatte er Pay begleitet oder war er ihm nachgefahren?

Er schob sein Fahrrad leise neben das Pferd. Ich nickte. Er ebenfalls, und dann lächelte er. Er nahm Cornelsen mit festen Griff die Zügel aus der Hand. Ludwig hatte inzwischen das Pferd vorn gepackt, brummte beruhigend Arat zu.

Pay Cornelsen senkte seine Fackel, bemerkte de leeve Gott und Ludwig und sank in sich zusammen. Ächzte. Ließ den Kopf auf die Brust sinken, auf einmal bemerkte man, wie betrunken er war. Einige Laute wie von einem volltrunken Schlafenden verließen seinen Mund. Ich hatte mich nicht gerührt die ganze Zeit. Ich bemerkte einen Blickwechsel zwischen meinem Vater und Ludwig, dann einen zwischen Ludwig und de leeve Gott. Sie drehten das Pferd, langsam, geradezu vorsichtig. Mein Vater schritt, so leise er konnte, er wollte Pay Cornelsen offenbar nicht aus seiner müden Starre wecken, Richtung Einfahrt vor.

Und ich? Ich blieb in der Nähe. Noch bevor das Pferd ganz in die andere Richtung gedreht war, öffnete Pay Cornelsen seine Augen. Er suchte und fand mich. Dann machte er noch einmal seinen Rücken gerade, ließ die Fackel von der rechten in die linke Hand wandern, setzte ein strenges Gesicht auf und grüßte mich mit ausgestrecktem Arm.

Ludwig kam nach ein paar Metern aus der Dunkelheit wieder.

»Geht das?«

»Ja, das schafft er schon.«

Und dann kam mein Vater, sichtlich beruhigt, dass alles vorbei war. Nach ein paar Schritten auf der Chaussee, die wir wieder nebeneinander geschritten waren, entfuhr es ihm: »Ich brauch jetzt erstmal einen Schnaps!«

30.

Am nächsten Tag blickte ich wieder so früh ich konnte aus der Dachluke. Ich hatte gut geschlafen, länger als ich eigentlich wollte. Auch unten war noch keine große Unruhe, sodass ich in aller Ruhe aus meiner Luke gucken konnte. War mir die Kammer gestern noch wie ein finsterer, unwürdiger Notbehelf vorgekommen, fühlte ich mich jetzt wohl hier. Wie im Ausguck einer Viermastbark, wie auf dem Baum als Späher an der Seite Lederstrumpfs.

Und es tat sich etwas: Menschen drängten aus der Küchentür. Kisten wurden rausgetragen, Körbe ebenfalls, soweit ich das erkennen konnte, andere hinein. Die Vier-Jahreszeiten-Besatzung rannte umher wie unsere Gänse. Das Frühstück für die britischen Herren.

Herr Dahlerus, sollte ich später erfahren, hatte auch diese Nacht im »Landwirtschaftlichen Haus« in Bredstedt verbracht. Johansson holte und brachte ihn.

Der Vormittag verging nicht, wie der vorherige auch. Mein Mittagsabenteuer vom Vortag hing mir nach. Ich schwankte zwischen verschiedenen Gefühlen, ich befürchtete immer noch eine nachträgliche Entdeckung, gleichzeitig schien mir das, je länger das Ganze her war, immer unwahrscheinlicher zu werden. Mein Messer. Es kam noch dazu, dass mein Messer immer noch da war, aber weiter weg als je. Ich war unruhig, lief die paar Schritte in der Kammer hin und her. An einen anderen Kurs war nicht zu denken, dazu war sie zu klein.

Ich musste an Herrn Dahlerus heran, das wurde mir klar. Er war ein netter Mann, so nett, dass er doch sicher auch Verständnis dafür hatte, dass ich gerade gestern mein Geburtstagsgeschenk verloren hatte.

Irene verschwand wie am Vortag in unser mit Gästen vollbesetztes Haus.

Ich ging und ging, über die Felder, die Gräben, das Vorland, wie man das noch salzige Land vor dem letzten Deich nennt. Der Weg war derselbe wie gestern. Ich hatte das Gefühl, ich müsste raus, raus aus dem Haus, das nicht unseres war. Weg von dem

Ort, an dem ich nichts tun durfte. Je länger ich lief, desto eher würden sie wieder gehen, oder?

Ludwig und Irene hatten die Tiere versorgt, nicht einmal die Hühner hatte ich füttern dürfen. Das Messer, natürlich. Es ging mir im Kopf herum, wie ich es zurückbekommen konnte. Im Grunde schien mir kaum etwas weniger möglich.

Mit den Stegen und kleinen Brücken im Vorland war das so eine Sache. Manche waren kaputt, einige schienen gar nicht nötig zu sein, andere bestanden nur aus zwei Balken, die über die Entwässerungsgräben ragten, als sei die Brücke noch im Bau.

Ich ging Richtung Wasser, Hochwasser war heute Mittag. Das brauchte mir damals niemand zu erzählen, das wusste ich, wussten wir beinahe von selbst, spürten wir. Wasserkantenmenschen. Doch bei aller unmittelbaren Nähe zum Wasser hatte ich mich oft gewundert, wie sehr mich das Wasser immer wieder überraschte, wie schnell es kam, ging, weg war, wo ich es noch unter, neben, vor mir erwartet hatte.

Kilometer an Kilometer, Landschaft ungebremst bis zum Rand, bis zur See. Wer diesen Blick hatte, konnte schon mal so manches Detail vor sich aus dem Auge verlieren.

So musste es ihm gegangen sein.

Er rief, weiter weg Richtung Norden, hinter einem der Entwässerungsgräben. Lord Spencer, in grünem Mantel, trotz des Sommers, mit schwarzem Hut auf dem Kopf, einem Stock in der Hand, mit dem er winkte.

Warum hatte ich ihn vorher übersehen, wo man hier doch nichts übersehen konnte? Die Weite des Meeres hatte meine Sehschärfe verstellt. Der Himmel. Die Ferne schien immer so nah.

Er winkte mich heran, ein ganzes Stück war ich entfernt. Er wollte etwas, kam er vielleicht nicht über einen der Gräben?

Lord Spencer rief anhaltend, er sprach laut mit mir, bald lachend, bald fluchend, schien mir.

Ich dirigierte ihn den Graben entlang. Er sprach. Hielt mir eine Rede, unterbrach sich immer wieder mit einem aufmunternden »Hey«, einem Lächeln oder sogar Lachen.

Es dauerte ein bisschen, er hatte sich weit vorgewagt. Er war erleichtert, das war klar, aber es machte diesem Mann auch einfach Freude zu reden, mit mir hier draußen zusammenzusein, von mir geleitet zu werden, mit mir zu sprechen.

Ich begann nach einer Weile ebenfalls, mit ihm zu reden. Auf Deutsch natürlich. Das bisschen Englisch, das ich konnte, reichte für nichts.

Es war nicht so, dass er nur vor sich hin sprach und ich zufällig dabei war. Er hielt mir eine Rede, immer wieder unterbrochen von Fragen, die auf meine Zustimmung warteten, um den Redefluss erneut in Gang zu bringen. Nach ein paar Anreden traute ich mich, ausführlicher zu antworten.

Was er sagte, wusste ich nicht. Es schien mir freundlich und doch engagiert zu sein. Er sprach und sprach, wies das eine oder andere Mal mit der

Hand, dann wieder mit dem Stock in die Richtung, in der unser Haus stand. Dann wieder sprach er auch von mir abgewandt in Richtung Wasser. Bald hörte ich heraus, wie er die Namen »Göring« und »Hitler« sagte, mal mit fragenden Händen, mal mit wegwerfender Geste. Er besprach mit mir die große Politik.

Ich dagegen erzählte ihm, wann immer er eine Pause machte, von meinem Kummer. Den hatte ich, jawohl. Dass sie alle wieder fuhren, dass Irene und Ludwig kaum Zeit hatten, ich nichts durfte, nicht zu den Tieren, nicht einmal zu Scharik, unserem Hund. Es sprudelte aus mir heraus. Dass meine Schwester mir fehle, dass ich mich nicht recht freuen könne auf meine neuen Geschwister, die ja nun auch bald kommen sollten. Ich machte wie er große Gesten, nach Süden, wohin meine Schwester gezogen war, zu unserem Hof hinüber und auch zum Wasser. Und ein wenig leiser erzählte ich auch von meinem Erlebnis, allerdings ohne den Namen Göring zu nennen. Ich hatte Angst, er könne doch verstehen, was der mit mir gemacht hatte. Vom zweiten Mund, den er mir ins Gesicht schneiden wollte. Vom Knopf, vom Brennen in den Augen. Und dass er mich bestohlen hatte. Dass es um das Taschenmesser ging, verschwieg ich.

Lord Spencer lächelte, als er in meinen Gesten seinen Spiegel erkannte. Aber er hörte mir auch zu. Verstand er etwas? Nein. Obwohl seine einsetzenden Kommentare, kurzen Nachfragen oder verwunderten Töne gut passten, bestätigten sie mir aber doch eher, dass er keine Ahnung hatte, wovon ich hier redete. Auch wenn ich eine Menge zu sagen hatte, er sprach weitaus mehr. Kurz vor der Brücke, auf seinem Weg zurück, dem Weg, der den Graben zwischen uns überquerte, brach er in seine bisher heftigsten Erklärungen aus. Seine Stimme wurde höher, er machte längere Pausen, schien aufgebracht und ein bisschen ratlos zu sein, nahm seine Uhr mit gespielter Langsamkeit aus der Tasche und sah, wie ein Schauspieler, der unbedingt will, dass man etwas versteht, langsam darauf. Er steckte die Uhr wieder ein und holte mein Messer aus der Tasche. In diesem Moment vergaß ich, was ich mir als Antwort auch diesmal schon zurechtgelegt hatte.

Er schwang es in der Luft, klappte die Klinge auf, eine schöne, silberne, leicht gebogene. Man konnte sich bestimmt darin spiegeln. Er stach in die Luft, machte einige Hiebe und tat so, als säubere er seine Fingernägel damit, um anschließend wieder in die Luft zu stechen. Ich wollte auch wieder sprechen, wollte berichten, was Göring mir mit dem Messer antun wollte, wollte die Worte als Warnung an ihn richten. Aber ich schaffte es nicht. Mein Mund blieb starr und trocken. Meine Wangen brannten wieder, dort, wo Göring das Messer angesetzt hatte.

Lord Spencer war am Ende seiner kleinen Vorstellung, als er über den kleinen Steg zu mir herüber kam. Er steckte wenige Schritte vor mir das Messer wieder in die Hosentasche, lachend, mit entschuldigenden Gesten und wohl auch mit um Nachsicht bittenden Worten. Er trat auf mich zu und schüttelte mir die Hand. Ohne eine weitere Rede gingen wir zu den Häusern zurück, ein kurzes Danke auf Deutsch, allerdings mit starkem Akzent. Ich zweifelte nicht daran, dass er kein Deutsch sprach oder verstand.

Als wir kurz vor unserer Einfahrt waren, schüttelte er mir ein weiteres Mal die Hand, stumm. Dann ging er mit eiligen Schritten auf den Hof.

Er wollte wohl nicht mit mir gesehen werden, nicht weil er von meinem Verbot wusste, zum Haus und den Gästen Kontakt aufzunehmen, sondern weil es ihm wahrscheinlich nicht angemessen erschien, von anderen und von seinen Kollegen dabei gesehen zu werden, wie er, der große Lord und Friedensunterhändler, mit einem Kind unterwegs war.

31.

Ich ging in mein Exil, die Dachkammer. Der alte Nagel wirtschaftete auf dem Hof. Ihm zu helfen, hatte ich keine Lust. Nicht, dass meine Laune sonst entschieden hätte über mein Tun, aber an diesen Tagen war alles anders.

Ich nahm aus der Küche einen Apfel und ging nach oben. Ludwig kam mir nach. Hatte auch er nichts zu tun? Der Nagel und er kamen nicht gut miteinander aus, vielleicht hatte mein Vater ein Einsehen gehabt.

Es gab immer Streit, auch darüber, wer nun von beiden das Sagen hatte. Nagel natürlich im Grunde, aber Ludwig war so geschickt, er hatte es so raus, den Nagel mit wenigen Worten oder Blicken zum Schreien und Schimpfen zu bringen. Worte, nach denen man, im Nachhinein gefragt, nicht mehr sagen konnte, dass sie eine Frechheit oder Provokation gewesen wären.

Ludwig holte erneut seine Ledermappe hervor, die ich zur Seite gelegt hatte. Ich blätterte bald wieder in den alten Zeitungen, die ich auf dem Boden ausgebreitet hatte.

»Hör mal: ›Biete wohlfeile Diamantenwaschanlagen. Schnelle und gute Einrichtung, transportabel. Zu mäßigen Preisen.‹« Ich lachte auf. Ludwig krächzte ebenfalls.

»Oder hier: ›Suche erfahrene und hübsche Tresenkraft, Unterbringung möglich, beste Verdienstmöglichkeiten.‹ Ja, da wuchsen natürlich auch die Amüsierbetriebe. Klar, viel zu viele Typen mit Geld in der Tasche oder mit Wut. Da ging es zur Sache.«

»Das glaube ich auch. Hör mal hier: ›Warne jeden, meiner Verlobten Frau Dora Wilckens etwas zu leihen. Meine Verbindung mit ihr ist inzwischen beendet. Gezeichnet Martin Herrmannsen, Lüderitzbucht.‹«

Wir lachten, suchten nach ähnlichen Anzeigen, unterbrachen das Vorlesen, stießen uns an und lasen laut und lauter vor: »Hier: ›Herbert Meierwinkel. Baumaterial. Biete beste Dachpappe der Welt‹. Oder: ›Zwei Affen umständehalber abzugeben.‹ Oder das hier: ›Schürfpfähle, stabil und dauerhaft, bietet Erdmann und Sohn.‹«

Ludwig nickte.

Auch er blätterte in den alten Zeitungen, sprach aber jetzt nicht mehr. So manchen Artikel las er noch einmal, schüttelte den Kopf und faltete das schon brüchige, gelbe Papier wieder vorsichtig zusammen.

Irene rief nach uns, schrill. Ihre Stimme klang nach Alarm.

Ludwig und ich erhoben uns, er zögerte einen Moment, ob er seine Sachen schnell wieder einpacken sollte, dann winkte er ab, als wolle er sagen: Ist ja sicher hier.

Wir stiegen eilig hinab.

»Ihr sollt los. Mit Johansson und Karlsson, Herr Dahlerus muss nach Sylt.«

Ludwig und ich setzten beinahe gleichzeitig unsere Mützen auf. Weder er noch ich hatten verstanden, was unser Auftrag sein sollte.

»Ihr sollt vorfahren. Mit dem Wagen!«

»Moj Klip!«, murmelte Ludwig erstaunt.

»Moj Klip!«, gab ich lahm und leise hinterher.

32.

Es war telefoniert worden. Herr Dahlerus war von Göring gebeten worden, schnellstmöglich nach Sylt zu kommen. Er müsse dringend mit ihm reden. Es ging, wie ich Jahre später erfuhr, um neue Vorschläge, nunmehr nicht nur ein Zwei-Mächte-Treffen, sondern ein Vier-Mächte-Treffen mit Großbritannien, Frankreich und Italien abzuhalten – ein Vorschlag der britischen Delegation, schon vorher per Telefon unterbreitet. Diesen galt es offenbar mit Göring näher zu besprechen.

Der schnellste Weg auf die Insel war nicht per Schiff, sondern mit dem Zug, seit der Damm gebaut worden war. 16.39 Uhr, Herr Dahlerus sollte im Bahnhof Niebüll zusteigen in den nächsten Zug Richtung Westerland. Und Ludwig und ich sollten die Herren zum Bahnhof geleiten. Die Herren? Ja, denn Lord Spencer fuhr mit. Offenbar wollten Herr Dahlerus und er die Zeit im Wagen noch für letzte Absprachen nutzen. Johansson fuhr ihre Limousine und Karlsson mit der zweiten hinterher. Er sollte Lord Spencer wieder zurück zum Hof bringen. Eine aberwitzige Karawane, schien mir.

Lord Spencer lachte mich offen an, als er mich auf dem Hofplatz neben meines Vaters Wagen stehen sah. Er sagte etwas zu Herrn Dahlerus, offenbar etwas Nettes, denn dieser nickte mir lächelnd zu und hob sogar grüßend die Hand. Ludwig bemerkte es.

»Was ist?«

»Erzähl ich Dir gleich«, brachte ich hervor, bevor mein Vater mit rotem Gesicht auf uns zukam und letzte knappe Anweisungen gab: Höchste Wichtigkeit, keine Touren, keine Frechheiten, er wisse auch nicht, warum Lord Spencer, es sei aber nun mal sein Wunsch und er der Gast, also bitte!

Und dann stiegen wir ein und fuhren vor.

In Niebüll, wo wir zügig angelangt waren, blieb noch Zeit. Die Herren sprachen weiter im Fond des Wagens. Karlsson und Johansson waren ausgestiegen. Man rauchte. Einen Moment lang ließ ich meine Hand in der Tasche an meiner Holzpfeife, ließ sie dann aber wieder los.

Karlsson, erfuhr ich, sollte Herrn Dahlerus begleiten auf die Insel. Sein Wagen sollte am Bahnhof stehenbleiben. Ludwig sollte ihn bewachen und gegebenenfalls Neugierige verscheuchen. Auch sollte er die Ahnungen ganz Kluger zerstreuen. Ich hatte Order, mit der zweiten Limousine, Johansson und dem Lord auf den Hof zurückzukehren. Ich war wiederum als Scout gedacht.

Ludwig paffte kleine Wolken.

»Meint ihr nicht, dass ein Junge hier zur Tarnung eine gute Idee wäre. Wer würde schon was vermuten, wenn ich hier mit dem Jungen …« Ludwig machte ein verschmitztes Gesicht und guckte Karlsson und Johansson an.

»Meinst Du …?«

Ludwig nickte. »Geht natürlich nur, wenn dieser

erstklassige Chauffeur hier den sehr komplizierten Weg zurück allein findet.«

Er lachte Johansson ins Gesicht, sodass dieser sofort zu grinsen begann.

»Ich spreche mit ihm«, sagte Karlsson in seiner schönen Melodie und löschte sorgfältig seine Zigarette.

Die Zeit war da. Der Zug sollte kommen. Herr Dahlerus stieg aus, Lord Spencer folgte, beide immer noch im Gespräch. Lord Spencer holte, ich konnte es genau sehen, schließlich mein Messer aus der Tasche. Er reichte es Herrn Dahlerus mit einer feierlichen Geste, als wolle er sagen: Hier, als Glücksbringer, als Pfand, nicht zurück an den Schenker, sondern als Geste der Erwiderung, dass Frieden und nicht Krieg das sei, was man anstrebe. Ich spürte ein Ziehen in meinem Bauch.

Herr Dahlerus steckte es in seine Innentasche, und ich nahm endgültig Abschied von meinem Geburtstagsgeschenk.

Dann wurde es Zeit. Karlsson trat an Herrn Dahlerus heran und besprach sich mit ihm. Dieser nickte, erst zögerlich, dann heftig und hob die Hand zum Gruß in die Runde und an uns alle gerichtet.

Wenig später saßen Ludwig und ich allein auf dem Geländer am Bahnhof. Vor mir unser Auto, vor Ludwig die Lücke, die eben noch von der zweiten Limousine gefüllt worden war.

Der Zug war abgefahren, der Lord mit Johansson auch, nur wir beide waren noch da. Ludwig hatte noch zwei Mark bekommen von Herrn Dahlerus für etwas zu Essen in der Bahnhofswirtschaft, nur für den Fall.

»Wollte nicht so alleine hier sein«, grinste Ludwig hinter seiner Pfeife hervor.

»Ist mir auch lieber so«, entgegnete ich. Ich war drauf und dran, meinem großen Freund von der ganzen Sache gestern zu erzählen, aber die Worte fanden nicht den Weg nach draußen.

»Wo waren wir? Ach ja, Kolmannskuppe. Das war, für ein paar Wochen, die reichste Stadt des Kontinents. Die hatten da sogar einen Röntgenapparat. Den ersten in ganz Afrika.«

»Und warum?«

»Weil man durch das Ding sehen konnte, ob man einen Diamanten hatte oder nicht.«

»Wie meinst Du das?«

»Ob einer einen im Bauch hatte. Verschluckt.«

»Warum hast Du keine Diamanten gesucht?«

»Diamanten sind schön, aber satt machen die auch nicht. Dann kamen ja auch die ganzen Durchgedrehten. Da wollte ich nichts mehr mit zu tun haben!«

Ludwig stopfte mit dem Daumen seine Pfeife nach. An der Straße sah man Jungen, ein bisschen älter als ich, drei, die zu uns guckten.

»Aber es war doch so leicht.«

Ludwig ächzte, blickte zu mir und nickte, wie zu meiner Warnung, mit der Pfeife im Mund in deren Richtung. Dann redete er weiter.

»So einfach war das aber nicht. Wenn alle Diamanten haben, und das war so in den Wochen, dann sind die schon beinahe nichts Besonderes mehr, nichts mehr wert. Wie Geld waren die. Damit kauften sich die Leute Fahrkarten für die Diamantenbahn auf die Felder. Und Wasser! Wasser war teuer, das mussten wir erst hinschaffen!«

»Aber die anderen sind doch so reich geworden, warum Du denn nicht?«

»Die hatten es ganz schnell raus, das aufzuteilen. Da ging nicht soviel. Viele kamen und sammelten, in Marmeladengläsern. Und dann hatten sie einen und zack«, er holte seinen Kompass aus der Hosentasche, »versuchten die das Uhrglas zu zerschneiden, als Beweis dafür, dass es ein echter Diamant war.« Ludwig lachte auf und schüttelte den Kopf. »Die, die schlau waren, waren bald wieder weg. Erst die Klippies. Dann die Leute.« Ludwig sprach die letzten Worte gequetscht und schnell, drückte seinen Rücken langsam durch.

»Und Du nicht. Auf Deinem Kompass ist ja nichts zu sehen!«

Die Jungen kamen herüber zu uns. Kurze Hosen, zwei blond, einer dunkel, Hände in den Taschen.

»Was ist denn hier los!« Es klang weniger wie eine Frage, mehr wie ein eingeübtes Bellen. Man hörte dem größeren Blonden an, dass er diesen Satz schon oft gesagt hatte.

»Was denn?«

»Na, Ihr hier. Rumlungern ist hier nicht.«

»Gutes Benehmen, der junge Herr!«

Der kleine Blonde puffte dem Dunklen in die Seite.

»Was denn?«

»Bitte?«

Wer sich zuerst bewegte, würde sich eine Blöße geben. Der große Blonde fixierte Ludwig und dann mich, streckte dann seine rechte Hand zum Dunklen, der ihm wenig später eine Zigarette reichte. Ich gab mir Mühe, ebenso gleichmütig zu wirken wie Ludwig, der den Mittleren direkt ansah.

Der Blonde holte eine Packung Streichhölzer aus der Tasche und steckte sich die Zigarette an.

»Schöner Wagen.« Er nickte in Richtung Limousine, ohne die Augen von Ludwig zu lassen.

»Feines Kraut?« Ludwig nahm seine Pfeife aus dem Mund, guckte umständlich in den Kopf und stopfte mit dem Daumennagel nach. Paffte ein paar Mal.

»Ja. Türkisch. Sonst noch was?«

»Nee. Bei uns nicht.«

»Was wollt ihr hier? Ärger machen?«

»Nee, ein bisschen rauchen.« Ludwig deutete ein Lächeln an. Er schien festgewachsen zu sein.

»Wem gehört der Schlitten? Oder ist das geheim?«

»Nee.«

»Da war doch vorhin noch so einer, und noch so'n Typ. Wohl wichtig, was?«

»Ach.« Ludwig zuckte mit den Schultern und produzierte reichlich Qualm.

»Göring, hat Göring was damit zu tun?«

»Der Generalfeldmarschall?«

»Ja, der.«

»Na.«

»Wir wissen, dass er in den Koog gefahren ist gestern. Hat das damit zu tun?«

»Na.«

»Was jetzt?«

»Gutes Benehmen, der junge Herr.«

»Rumlungern ist hier nicht.«

»Fangen wir jetzt wieder von vorne an? Gutes Kraut?«

Der Junge paffte seine Zigarette und überlegte.

»Wartet ihr auf den Zug?«

»Ja.«

»Auf welchen denn?«

»Den nachher.«

»Hat das mit Göring zu tun?«

»Hast Du vor dem Angst?«

»Wir wissen, dass da was im Busch ist.«

»Im Koog?«

»Ja.«

»Dann ist ja gut.« Ludwig atmete seufzend aus. Er ruckelte unruhig hin und her, als wolle er sich aus einer unbequemen Situation befreien.

»Wenn wir nachher wiederkommen, dann seid ihr weg! Und: Wir behalten Euch im Auge.«

»Na.«

Der große Blonde drehte sich auf dem Absatz um, tippte seine Sekundanten an und verschwand.

»Gutes Benehmen«, murmelte Ludwig noch einmal hinter seiner Pfeife hervor.

Mein Herz beruhigte sich langsam.

Das Erzählen war eingefroren, unser Gespräch kam nicht wieder in Gang, ich stellte noch einige Fragen, aber Ludwig war nicht mehr in Stimmung.

»Ihr habt dann Eure Bahn weitergebaut?«

»Ja, aber so einfach war das nicht. Das ging ja über Jahre.«

»Und was hat der Nissen gemacht? Und der Finder des ersten Diamanten?«

33.

Der Abend war hoch und hell, der Bahnhofsvorplatz belegte sich erst mit wachsenden Schatten und dann mit Dunkelheit. Ich ging immer wieder hinüber zum Bahnhof, blickte entlang der Gleise, versuchte einen Zug zu ahnen, aber nichts.

Wir hatten ein paar Bratkartoffeln in der Bahnhofswirtschaft gegessen, Ludwig hatte ein Bier getrunken, den Blick und das Ohr immer ein bisschen draußen.

»Zacharias, den habe ich dann ein paar Monate später noch einmal gesehen.«

Ludwig ahnte, dass ich den Zusammenhang nicht verstand. »Zacharias Lewela, moj Klip!«

»Ach, der.«

»Der hatte ja auch etwas erhalten. Ein monatliches Gehalt, ich weiß nicht wieviel. Hatte eine Anstellung als Kutscher bekommen. Fuhr aber nicht, weil er es nicht gut machte. Also kriegte er das Geld, ohne dass er dafür etwas tat. Er soff daraufhin. War früher ein ganz Verträglicher und Zuverlässiger gewesen. Erst hieß es, er sei wieder nach Swakopmund gegangen. Vielleicht stimmt das ja auch. Jedenfalls war er dann wieder da. Jahre älter wirkte er, dabei war das ja nur ein paar Monate her. Saß in einer Gaststätte, allein im Nebenzimmer, nicht da, wo die anderen Gäste saßen. Da war gerade eine Feier. Fasching. Karneval in Kolmannskuppe. Das muss man sich mal vorstellen. Mit Verkleiden und allem.«

»Du auch?«

»Ja, ich war auch da.«

»Als was bist Du denn gegangen?«

»Als Seemann, hatte ja noch ein paar alte Sachen von früher. Und da saß nun also Zacharias im Nebenraum. Und soff. Konnte kein Ende, keine Ruhe finden. Erkannte mich kaum, nannte mich immer beim falschen Namen, bis er das merkte. Und auch dann blitzte nur gelegentlich ein bisschen von dem alten Zach auf.«

»Deshalb?«

Der letzte Zug, so erzählte uns der Wirt, hätte längst durch sein müssen. Verspätungen, ja die gäbe es schon mal, aber aus der anderen Richtung. Von Westerland herüber sei ja nichts. Auch kein Sturm heute, grinste er und ein zahnloser Grober am Tresen griente ebenfalls.

Da war noch einer, der hatte uns aber nicht einmal angesehen. Ein alter Mann. Der saß nicht an einem der Tische, der stand, allerdings an der kurzen Seite des eckigen Tresens. Er trug eine ehemals weiße Kapitänsmütze, der man ansah, dass sie aus längst vergangenen Stürmen stammte.

»Wollt ihr hier übernachten?« Der Wirt verdrehte seine Augen.

»Nein, wir warten.«

»Wo kommt Ihr her?«

»Aus dem Koog.«

»Welchem?«

»Sönke-Nissen-Koog.«

»Reiche Leute, gutes Land.«

Ludwig lüftete seine Mütze und lächelte rostig. »Meist eher umgekehrt.«

Der Wirt brummte und wandte sich ab.

Wir waren noch nicht lange wieder draußen, da sahen wir Johansson auf den Vorplatz fahren, die Scheinwerfer erhellten den bis auf uns leeren Platz. Lord Spencer saß im Auto, stieg kurz nach Johansson aus. Er kam herüber und grüßte uns, besonders mich, schien mir. Ludwig stand auf und lüftete grüßend seine Mütze. Was die beiden daraufhin besprachen, entging mir im Einzelnen. Mir schien jedoch, es ging um den nun bald ankommenden Zug, vielleicht hatten sie auf Elisabethbay einen Anruf bekommen. Ich trat einen Schritt vor und machte Zeichen, dass ich auf den Bahnsteig gehen wolle, um zu gucken. Lord Spencer lachte freundlich und machte eine auffordernde Handbewegung. Nur zu, mein junger Freund.

Wir mussten nicht mehr lange warten. Karlsson kletterte zuerst aus dem Waggon, offenbar kein bisschen erschöpft von der Reise und von seiner Mission. Herr Dahlerus wirkte dagegen ein wenig ermattet.

Man besprach sich. Erst auf dem Bahnsteig, dann auf dem Weg zu den Wagen, schließlich auf dem Vorplatz. Herr Dahlerus berichtete mit seiner ruhigen, singenden Stimme, guckte sich aber währenddessen einige Male um, was mich schließlich auch zum vorsichtigen Herumgucken brachte. Hier konnten wir nicht so stehenbleiben, viel zu auffällig. Und dann sprachen die auch noch Englisch.

Ob es nicht einen Ort mit vielen Menschen hier gäbe, fragte Karlsson im Auftrag der Herren. Da könne man doch ein wenig in der Menge untertauchen und würde vielleicht auch etwas zu essen und zu trinken bekommen können.

Ludwig nickte. Und wies mit zwei Fingern voraus quer auf die Straße, von der aus man zum Bahnhof kam. Nur wenige Meter. Er guckte mich auffordernd an und ging voraus.

Der Lord, ich spürte es genau, lachte auf, wie vorhin auch schon, wies auf mich und sagte etwas zu Herrn Dahlerus. Ich war schon wieder sein Scout. Dieser Engländer mochte mich.

Wir kehrten in der Gaststätte ein. Vor ihrer Tür standen zwei Eichen mit breiten Stämmen. Ein Betrunkener hielt sich an einem der beiden dicken und schiefen Bäume fest, seine Welt schwankte erheblich. Unsere, das wurde mir bald klar, könnte immerhin aus einer Schieflage wieder ins Lot gebracht werden.

Wir setzten uns in eine Ecke direkt neben der Tür. Die hohen Bänke und ihre Rückenlehnen schirmten uns ein wenig ab. Ludwig ging an den Tresen, um zu bestellen. Herr Dahlerus hatte darauf bestanden, dass wir mitkamen.

»Ein Einheimischer und ein Junge, das ist die beste Tarnung, die wir haben können.« Er hatte sein feines, kurzes Lachen angedeutet. Karlsson und Johansson sollten draußen bei den Wagen bleiben.

Und so schien es ein weiteres Mal, dass ich, aber nun auch Ludwig, zu den Verschwörern gehören sollten. Lord Spencer und Herr Dahlerus nahmen um den Tisch herum Platz. Ludwig saß dem Lord gegenüber, hielt aber, während die Herren die Köpfe in ihrer Ecke zusammensteckten, seinen Blick zum Raum und zu mir, der ich direkt vor dem Tisch, mit dem Rücken zum Schankraum, saß. Ludwig stand auf und bestellte erneut etwas. Die Blicke wanderten zuerst immer wieder zu uns, dann ließ es nach.

»Drei Bier und drei Cognac, eine Limonade, die Herren.« Der Wirt kam zusammen mit Ludwig, nahm die Gläser von seinem Tablett und stellte sie vor uns. »Na, denn!«

»Na, denn«, erwiderte Ludwig, und ich konnte durch seine scheinbar gelangweilte Miene die Anspannung ahnen.

Meine Ohren wuchsen vor Angst, nicht aus Neugier. Ludwig würde mir später alles erzählen, was die Herren da auf Englisch flüsterten, das wusste ich.

Bis dahin sollte alles nur ruhig bleiben, damit wir nicht weiter auffielen: ein englischer Lord, ein schwedischer Kaufmann, ein Knecht und ein Bauernjunge in der geheimen Mission, einen Krieg zu verhindern.

Die Dinge duldeten offenbar keinen Aufschub. Ich fragte mich, während ich an meiner gelben Limonade trank, warum wir nicht gleich nach Elisabethbay zurückgefahren waren. Oder warum Lord Spencer überhaupt zum Abholen gekommen war. Aber die Dinge waren offenbar eilig und bedurften der Beratung und Entscheidung. Später erfuhr ich, dass Göring das Treffen gestern als angenehm und als Erfolg bewertet hätte, er sähe gute Chancen für ein Viermächte-Treffen, müsse sich aber mit Berlin abstimmen. Und, dies war der Punkt, über den es zu beraten galt, ein solches Treffen, hätte Göring gesagt, müsse schließlich auf jeden Fall Erfolg haben, wenn es denn stattfände.

Herr Dahlerus war, soviel bekam ich schon am Kneipentisch mit, stundenlang mit Göring in dessen Auto über die Insel gefahren. Währenddessen hatten sie geredet.

Herr Dahlerus wechselte aus mir zunächst nicht ersichtlichem Grund für einige Sätze ins Deutsche: »Und dann gab mir der Generalfeldmarschall noch das hier mit.«

Er blickte in die Runde, in mein und Ludwigs Gesicht, um auf dem von Lord Spencer zu verweilen. Dann zog er das Taschenmesser, mein Taschenmesser, aus dem Jackett.

Die Geste von gestern erwidert, den Ball zurückgespielt. Mein Messer!

Die Herren prosteten sich mit Cognac zu und tranken. Meine Ohren wuchsen, warum, merkte ich wenige Sekunden später. Die drei Jungen vom Bahnhofsvorplatz kamen zu uns zurück.

Der große Blonde, der kleinere links, der Dunkle rechts. Es war, als würden sie an unserem Tisch vorbeifahren wie ein Bus in einer Kehre. Der große Blonde pfiff auffordernd durch die Zähne und ging dann mit den anderen nach draußen.

Die Kneipentür fiel ins Schloss, als ich mich erhob. Ludwig legte schnell seine Hand auf meinen Arm, aber ich schob sie weg. Ich nahm stehend noch einen Schluck Limonade, als müsste ich mir so Mut antrinken. Eine Sekunde lang und sicher kein bisschen länger, überlegte ich, ob ich mir nicht mein Taschenmesser schnappen sollte, bevor ich zu den drei Flaschen da draußen gehen sollte, als Waffe für alle Fälle. Ich hätte es dann schon einmal zurück. Doch ich ließ es.

34.

Ich stellte mein Glas hin, nickte grüßend Lord Spencer und Herrn Dahlerus zu. Ludwig sparte ich aus, ein Blick von ihm und mein Mut würde mich wieder verlassen. Zumindest hätte das gut so sein können.

Ich stieß die Tür nach außen auf und ging langsam zur Seite weg, demonstrativ nicht in die Richtung der Eichen blickend. Mir war klar, dass mir die drei Sheriffs folgen würden. Ich roch den Zigarettenqualm des Blonden hinter mir.

»Hey!«

Ich drehte mich langsam um.

»Bist Du taub, oder was?«

»Nein. Was willst Du?«

Ich dachte nicht lange nach, so konnte ich auch erst gar nicht erschrecken über meinen scharfen Tonfall. »Läufst Du mir nach, oder was?«

»Ja, wir hatten Euch doch gewarnt, oder hatten wir das nicht? Wir haben Euch im Auge behalten.«

»Aha.«

»Bist Du auch so ein Spaßmacher wie Dein Kollege vorhin?«

»Was willst Du?« Ich hatte noch um ein paar Grad aufgedreht. Ging einen halben Schritt auf ihn zu. Versenkte meine Hände in den Hosentaschen. Sprach laut.

»Was macht Ihr hier? Wollt Ärger machen, nicht? Ärger könnt Ihr haben.« Während er den letzten

Satz sprach, drückte der Dunkelhaarige mit einem kleinen Schubser meine Schulter nach hinten.

Ich drehte mich langsam und tänzelnd um in Richtung des Schwungs und begann, langsam weiterschlendernd, zu reden. Gleich folgten sie mir nicht, erst nach einigen Schritten.

»Wisst Ihr, es ist eine Sache, die ist eigentlich nicht dazu da, dass alle sie wissen. Es geht um eine große Sache, wird viel davon abhängen, wie man sich jetzt entscheidet.«

Ich bog nach rechts, wir überquerten den Bahnhofsvorplatz. Ich achtete darauf, nicht zu dicht an die Wagen zu kommen. Das hier wollte ich alleine machen.

»Es ist nämlich genau so, wie ihr es schon vermutet habt. Es ist eine Sache, in der Göring bis oben hin mit drinsteckt. Ich …«, inzwischen hatte der große Blonde es geschafft, neben mir zu laufen, die anderen beiden hasteten hinterher. Ich lief einen strammen Schritt.

»Ich kann nicht soviele Einzelheiten erzählen, aber ich glaube, ich kann Euch doch vertrauen?« Ich hielt an, die beiden Hilfssherrifs liefen in uns hinein.

»So, wie ich das verstanden habe, haben die Herren vereinbart, dass all das hier …, ich kann doch auf Euer Schweigen setzen?« Ich lief weiter, nahm ein weiteres Mal eine Kurve und ging weiter in den Ort hinein. Sie folgten mir wie eine Gruppe Gassihunde, eng an der Leine.

»Ja, was ist denn jetzt?«

»Nein, ich kann nicht. Ihr müsste das verstehen.« Ich hielt an, atmete einige Züge tief ein. »Ich kann doch nicht drei Kerlen, die mir auch noch schräg von vorne kommen, so wichtige Sachen erzählen. Ich meine, die weiß noch nicht einmal ...«

Sie waren wieder vor mich getreten, die Schultern nicht mehr halb so breit wie vorher. Keine Drohungen. Fragende Gesichter.

»Au!« Der Dunkle schleuderte eine vergessene Zigarette fort, die ihm die Finger verbrannt hatte.

»Wart Ihr schon mal in Berlin?«

»Nee. Du etwa?«

»Nein, aber das brauche ich auch gar nicht. Denn das, um das es geht, also die Informationen, die sind gerade auf dem Weg dorthin.«

Ich machte eine Pause und große Augen. »Ja, genau dahin, wo ihr vermutet. Also, habt ihr jetzt ungefähr eine Ahnung, in was für einer Zwickmühle ich gerade stecke.«

»Wir sind hier die Obersten. Wenn wir was wissen, dann weiß das nicht morgen jeder. Das ist hier unser Gebiet. Bis zur Kirche runter und bis zum Stellwerk da hinten.« Der Kleine zeigte dorthin mit ausgestrecktem Arm. Ich murmelte ein desinteressiertes »Aha« und wandte mich wieder ab, ging ein paar Schritte, kam wieder zurück.

»Also, es geht um Geheimpläne, die die ganze Küste betreffen. Von Sylt bis zur Hamburger Hallig soll eingedeicht werden. Hermann-Göring-Koog. Landgewinnung, Ihr versteht?«

Sie nickten.

Ich ächzte. »Jetzt ist es raus. Ist vielleicht auch besser, wenn ich das Geheimnis teilen kann. Ist schon eine ganz schöne Verantwortung.«

»Ist ja klar«, sagte der Dunkle.

»Wussten wir auch schon«, tat sich der große blonde Chef wichtig. »Die ganze Sache ist auch schon bei uns bekannt.«

»Klar«, krähte der Dunkle, »hat mein Vater neulich auch schon in der Ratsversammlung gehört. Ist ja ein alter Hut.«

»Verdammt, irgendwer muss gequatscht haben!« Ich spuckte aus und schüttelte ausdauernd den Kopf mit einer Zornesfalte zwischen den Augen.

»Wer hat es denn alles gewusst?« Der große Blonde versuchte es. Guckte zur Seite, als sei seine Frage doch nicht so wichtig.

»Ja, der … oder …«, murmelte ich, als prüfte ich eine Reihe von Namen. »Vielleicht aber auch …, obwohl, das kann ich mir nicht vorstellen.«

Der große Blonde bot mir eine Zigarette an, die er dem Dunklen aus der Tasche gezogen hatte.

Ich verneinte, holte meine Pfeife raus und steckte sie zwischen die Zähne.

»Ich muss wieder rein, die warten.«

Als wir wieder am Gasthaus waren, wandte ich mich noch einmal um mit Verschwörermiene, nickte den Dreien entschlossen zu und ging hinein.

Die Herren prosteten sich gerade mit einem weiteren Cognac zu. Als sie gleichzeitig die Köpfe nach hinten ruckten, glitt ich auf meinen Platz.

»Gut?« Ludwig guckte, ich merkte es, an mir vorbei auf die Kachelwand, dann auf seine brennende Pfeife.

»Ja. Wieder gut jetzt.«

»Gut.«

Herr Dahlerus und Lord Spencer sahen mich schweigend an, zufrieden, wie mir schien. Lag es an ihrer Entscheidung, wie auch immer sie ausgefallen war. Oder hatte ihr Ausdruck mit mir zu tun? Ich weiß es nicht, nahm aber die Ruhe am Tisch und das freundliche Schweigen wie einen Willkommensgruß und stürzte den Rest meiner gelben Brause hinunter.

35.

Zu meiner Überraschung trennten wir uns vor der Tür. Herr Dahlerus wollte sofort, ohne nach Elisabethbay zurückzukehren, auf sein Anwesen im dänischen Fredericia fahren, um von dort morgen erst nach Kopenhagen und dann nach Schweden zu reisen. Ein offizielles Vier-Mächte-Treffen könnte, von dem Plan erfuhr ich erst sehr viel später, tatsächlich auf schwedischem Boden stattfinden. Das war immer der ursprüngliche Plan gewesen, aber auch der schwedische Regierungschef hatte abgelehnt, nicht nur Berlin und London. Jetzt war ein solches Treffen, etwa auf einer abgelegenen Schäreninsel, zu dessen Besitzer und einzigem Einwohner Dahlerus bereits Kontakt aufgenommen hatte, wieder in greifbare Nähe gerückt. Dahlerus wollte keine Zeit verlieren und mit dem schwedischen Regierungschef die weiteren Maßnahmen beraten.

Aber Lord Spencer wollte zurück in den Sönke-Nissen-Koog. Die beiden Männer – der Lord und Birger Dahlerus – verabschiedeten sich mit einem doppelten Händedruck, legten auf die rechten noch die linken Hände und sahen sich schweigend und zunehmend lächelnd an. Herr Dahlerus dankte anschließend erst Ludwig und dann mir mit Handschlag, ließ seinen Blick anerkennend eine Weile auf jedem von uns ruhen, stieg dann zu Karlsson ins Auto und fuhr fort.

Es war das letzte Mal, dass ich ihn sah, wenn auch nicht das letzte Mal, dass ich von ihm hörte.

Zu Hause war noch Licht, ebenso in unserem Haus wie in unserem Exil nebenan. Vor der Tür standen drei der englischen Herren und warteten, Zigarren und Pfeifen in den Fingern oder in den Schnurrbartmündern. Der Singsang Lord Spencers schwoll an. Er war, vielleicht nicht nur von den positiven Nachrichten, die er überbrachte, fröhlich und voller Schwung. Man lachte dröhnend zurück, klopfte sich auf Arme und Schultern, doch alles war irgendwie weniger herzlich, als ich es aus den Pausen in meiner Schule kannte. Es schien mir, als seien die Herren nicht zu mehr Leidenschaft fähig, allein schon wegen ihrer strengen Kleidung.

Ludwig tippte mich an: Wir sollten gehen, bedeutete er mir. Ich wandte mich noch nicht gleich ab, sondern wartete darauf, dass Lord Spencer unser Gehen bemerkte.

Er tat es nicht, so langsam ich auch ging. Mein britischer Freund beachtete mich nicht.

Ich träumte in dieser Nacht erneut von dem Zug durch unseren Koog. Er startete in Bredstedt vom Bahnhof, unser Auto fuhr vorweg auf der Chaussee. Es war ein Sonderzug, ein grüner mit allerlei Wappen und goldenen Ranken verzierter Salonwagen. Ich konnte nicht sehen, wer darin saß. Ich war im Wagen, fuhr stehend wie Hansi Roller, der brabbelnd und nach hinten deutend neben mir stand.

Endlos schien der Weg durch die Marsch und die Durchlässe der Deiche, Holstill zur Rechten. Arme wurden aus den Fenstern gereckt. Ich fuhr und fuhr, die Bahn hinter mir drängte, sie pfiff. Ich bog um in die Koogschaussee des Sönke-Nissen-Kooges. Der Sonderzug rasselte und ächzte hinterher, wir wurden langsamer, blinkten, bogen ein in unsere Auffahrt. Der Zug pfiff und fuhr vorbei.

Am nächsten Tag schlief ich länger, als ich wollte. Ich bekam nicht mit, was ich mir gewünscht hatte, nämlich, wie die Herren ihre Sachen einluden und abreisten. Ich hatte in der Nacht lange nicht einschlafen können, denn da war noch etwas offen, das fühlte ich. Ich hatte ein Anrecht auf einen Abschied. Soviel war geschehen, und oft war ich mittendrin gewesen. Oder hatte ich mir das nur eingebildet?

Sie waren weg. Die eine Gruppe der Gäste war von Johansson, die andere von Ludwig mit unserem Wagen nach Hamburg gebracht worden. Nicht nur die Gäste, auch das Personal, die Köche vom Hamburger Atlantik, Eriksen und seine Leute waren schneller verschwunden, als ich gedacht hatte.

Den Herd durfte meine Mutter behalten. Oder eher Irene, der Eriksen auf feinem Hotelpapier ein paar Anweisungen zur Handhabung des Herdes hinterließ sowie die Rezepte für seine gebeizte Rentierbrust und seinen Lachs in Senfsauce.

Johansson sollte noch einmal wiederkommen, um Frau Dahlerus abzuholen und einige persönliche Dinge, die Herr Dahlerus in aller Eile nicht mehr hatte mitnehmen können.

Ich ging durch das ganze Haus, auch weil es mir Spaß machte, es so wieder in Besitz zu nehmen. Insgeheim aber tat ich es, weil ich eine Spur der Gäste suchte, ein Ding, das jemand vergessen hatte. Eine Sache, die im Papierkorb lag, eine Notiz, ein Rest, ein Beleg dafür, was hier stattgefunden hatte. Aber nichts. Was ich fand, war ein anderer Geruch. Düfte der Gäste? Ja, aber vor allem Putzmittel des Personals. Eriksens Helfer hatten gemeinsam mit Irene geputzt. Aber auch die waren ja fort.

War hier überhaupt jemand gewesen? Die Möwen kamen wieder, sie suchten wohl auch unsere Gäste. Der Wind frischte auf von West, als wolle auch er noch die Spuren verwehen.

»Hier!« Irene hielt den Knopf zwischen Daumen und Zeigefinger. »Hab ich gefunden.«

»Ist meiner.«

»Weiß ich. Aber wie kommt er in die gute Stube? Vor zwei Tagen war er noch dran. Hab das Hemd doch selber gepresst!« Die einzige Spur, die sich finden ließ im ganzen Haus, stammte auch noch von mir. Was war hier passiert? Hatte hier überhaupt etwas stattgefunden?

Irene wirkte mehr amüsiert als aufgeregt. Ich aber war es. Ich zog eine Schulter hoch. Blickte zur Tür, als erwarte ich die Kavallerie.

Ich bekam die Tageszeitung in die Hände. Sie war von gestern, aber das war oft so. Auf einem Foto vom Bahnhofsvorplatz war Göring eingefangen, ein helles Gespenst mit Tellerhut, daneben Herr Dahlerus, die Wagen, die vielen Leute. Ich war nicht zu sehen. Ich erkannte auch sonst keinen, einer hatte seinen Arm hochgereckt.

Darunter stand, Göring wolle schwedische Bekannte »antreffen« auf unserem Hof. Er sei »mittels Kraftwagen« vom Bahnhof in den Koog gereist, in den »abseitigen Marschenwinkel«. Und da musste ich dann doch lachen, obwohl ich mir vorgenommen hatte, ein wenig beleidigt zu sein. Die Volksgenossen wurden noch in der einen Tag alten Zeitung davor gewarnt, den Generalfeldmarschall zu stören. Man möge doch auf den Wunsch, Ruhe zu haben, Rücksicht nehmen.

36.

Einzig Frau Dahlerus war geblieben. Sie saß im Lehnstuhl in dem Zimmer, in dem Göring vorgestern seinen Mittagsschlaf gehalten hatte. Frau Dahlerus wirkte in unserer guten Stube, als sei sie vergessen worden. Unglücklich war sie nicht, schien mir. Meine Mutter verstand sich gut mir ihr, sie saßen oft beieinander. Nun hatte sich meine Mutter ins Bett gelegt. Sie fühlte sich nicht wohl. Der Arzt kam.

Frau Dahlerus hatte ein Buch auf den Knien und las. Mein Vater hatte den Bann für mich natürlich aufgehoben, dennoch war ich mir sicher, dass ich unseren letzten Gast nicht stören durfte.

»Junger Mann«, Frau Dahlerus neigte den Kopf und sprach lächelnd.

»Guten Tag!« Ich deutete wie schon bei unserer ersten Begegnung am Abend vor zwei Tagen einen Diener an. Er gelang diesmal besser.

»Endlich wieder Ruhe hier, was?«

»Ja«, sagte ich, bevor ich merkte, dass das auch als sehr unhöflich aufgefasst werden könnte. Madame lachte. In mir stieg Hitze auf.

»Sag mir, wie lebt es sich auf diesem Land?«

»Gut. Es ist gutes Land.«

»Ja, das weiß ich«, sie schüttelte tadelnd den Kopf. »Ich meine nicht, ob hier viel wächst. Ich möchte von Dir wissen, ob man hier gut lebt.«

Ich nickte.

Elisabeth Dahlerus blickte umher, blieb beim hellen Fenster hängen. »Das war alles Wasser hier. Oder Vorland, vor ein paar Jahren noch. Kannst Du Dir das vorstellen?« Mir fiel erst jetzt auf, als sie zu dem kleinen Gläschen mit dem langen Stiel griff, dass neben ihr auf dem Tischchen eine Karaffe mit braunem Inhalt stand. Sie neigte den Kopf, hob das Glas, wartete auf mein Nicken und trank dann einen kleinen Schluck. »Sag, kannst Du?«

Ich nickte wieder und holte Luft, um ihr Genaueres zu sagen. »Nein, kannst Du nicht.« Sie lächelte versunken. Dann richtete sie sich auf und beugte sich vor. »Die Sache mit den Bahnstationen und den Namen der Höfe, die weißt Du sicher, oder?«

»Ja, natürlich.« Ich wagte es, ein wenig näherzukommen.

»Hier hat er seine Bahn gebaut. Das ist mir erst vor einigen Jahren klar geworden.«

»Wer?«

»Mein erster Mann. Verstehst Du? Sönke Nissen, der diesem Koog seinen Namen gegeben hat.«

Ich schüttelte den Kopf und setzte mich unsicher auf den Fußhocker, der seitlich vor dem Sessel stand. Frau Dahlerus hatte wieder ihre Stola mit den langen Fransen umgelegt. Sie hatte sie mit geübtem

Schwung über die Schulter geworfen. Nun beugte sie sich vor und wartete, ob ich ihr auch genau zuhörte. Es war, als lauschte ich einer orientalischen Erzählerin.

»Er hat seine Bahn in Südwest doch gar nicht bis zum Ende gebaut. Mein großer Ingenieur. Das hat er doch gar nicht. Dann kamen doch die Diamanten …«

Ich begriff.

Elisabeth Dahlerus, verwitwete Nissen, legte sich die Hand über die Augen, dann wandte sie sich mir wieder zu. Sie schwenkte das immer noch halbvolle Gläschen in meine Richtung, trank erneut einen Schluck. »Weißt Du, was für ein gottverlassener Ort ›Grasplatz‹ ist? Oder ›Seeheim?‹ Was?«

Ich hörte ihr einfach nur zu. Der noch nicht einmal alten, aber vom Leben erschöpft wirkenden Frau, deren Haut mir so dünn wie Pergament schien. Wollte sie weitersprechen? Hatte sie diese Dinge schon einmal gesagt?

»Da war alles, aber kein Gras, und das war auch kein Heim. Nicht für mich, für niemand. Und er baut sogar noch eine Bahn dahin. Der große Eisenbahningenieur. Der Junge aus Nordfriesland, der es in Afrika zu etwas gebracht hat.«

Sie kicherte und hob erneut das Glas, hielt es solange mit höflicher Geste in die Luft, bis ich einen Blick mit ihr tauschte, trank dann, wartete wieder auf meinen Blick, dann setzte sie ab. So machten wir es an Weihnachten, wenn ich auch ein gutes Glas haben durfte.

»Ich stamme ebenfalls aus dieser Gegend, musst Du wissen. Aus einem Nachbardorf Deiner Mutter. Sie ist eine nette Frau.« Die Rauheit in der Stimme von Elisabeth Dahlerus ließ nach. »Den Wind, ich mochte ihn nicht, mag ihn immer noch nicht. Er macht mir Kopfschmerzen.«

Sie stellte das Glas hin und nahm den gläsernen Verschluss von der Karaffe. Hatten Eriksen und seine Leute sie hier vergessen oder hatte Frau Dahlerus sie im Koffer gehabt? Sie wirkte mit diesen Dingen selbst wie abgestellt hier, vergessen am Rande der Geschichte, vergessen in unserem Haus, das selbst am Rand lag.

»Kannst Du Dir das vorstellen, mein Junge? Die ganze Kindheit Kopfschmerzen?«

Sie schenkte sich nach und trank wieder, diesmal schnell. »Ich kann hier nicht mehr sein, mein Sohn, es geht leider nicht.« Ich sah, wie Tränen sich in ihren Augen sammelten. Ich brummte und wollte Verständnis zeigen, Anteilnahme, auch wenn das nicht zu verstehen war.

»Ich habe auch einen Sohn, weißt Du? Er ist ein guter Junge. Und leider schon groß. Und ich bin alt, beinahe schon zu alt.«

Ich wollte mich bemerkbar machen und brummte erneut, denn sie sah mich schon die ganze Zeit nicht mehr an. Hatte sie vergessen, dass ich hier saß?

»Diese Stationen, mein junger Herr von Elisabethbay. Diese Stationen, die hätte mein Erster gern gebaut. Hat er aber nicht. Sie bekamen die Namen der Bahnstationen, die er immer wieder abfuhr, mit dem Finger auf der Karte, weißt Du?« Sie lächelte mich freundlich an. Es sah mitleidig aus, dabei hatte sie dazu doch gar keinen Grund, oder?

»Waren Sie mit dort, in Südwest?«

»Ja, oh ja. Lange, viel zu lange. Es ist ein gutes Land. Aber voller leerer Orte. Da war nichts. Keine Geschichte, verstehst Du? Man musste erst alles hinbringen.«

Ich nickte.

»Grasplatz ist ein elender Ort. Dort gibt es zum Beispiel nicht viel mehr als einen Schuppen, der sich Bahnhof nennt. Und das war es dann!« Sie lachte plötzlich auf. »Das war es, es ist gar kein ›Grasplatz‹, verstehst Du! Es ist nur ein Traum. Ein Fiebertraum. Und da mitten durch musste Sönke eine Bahnlinie bauen.« Sie schüttelte den Kopf, trank. Dann lachte sie leise auf.

Wir saßen eine Weile stumm beieinander. Sie nippte an ihrem Glas und blickte dann weiter träumerisch vor sich hin. Ein zweites Mal hob sie ihr Gläschen, setzte es dann aber doch wieder von den Lippen ab und flüsterte: »Aber in Aus, hast Du je von dem Ort Aus an der Bahnstrecke gehört?«

Ich nickte.

»Da gibt es Wildpferde, viele Wildpferde. Braune, schlanke, tanzende Pferde, Hunderte. Die kommen morgens früh zur Tränke. Ich habe sie gesehen. Wie mit dem Wind kommen sie herangeweht. Und dann verschwinden sie wieder. Ich weiß nicht wohin. Aber am nächsten Morgen sind sie wieder da.«

Sie verharrte eine Weile, setzte dann das Glas an und stürzte den Rest hinunter.

»Sönke-Nissen-Koog.« Ihre Stimme klang dunkel und hart. »Der Mann, der diesem Ort seinen Namen gegeben hat. Eigentlich ist es aber umgekehrt. Der Ort hat ihm seinen Namen gegeben.«

»Und die anderen Stationen? Elisabethbay?«

»Ich heiße Elisabeth, wusstest Du das nicht?«

»Doch.«

37.

Johansson und Ludwig kamen eine Stunde später wieder nach Hause. Unsere Gäste sollten noch eine Nacht bei uns bleiben. Man wollte Frau Dahlerus und dem Chauffeur keine längere Fahrt zumuten, auch wenn sie nur bis Fredericia gehen würde, dem Haus der Dahlerus' in Dänemark.

Ich vermisste die abendliche Runde und auch ein wenig die Aufregung, die die letzten Tage gebracht hatten. Meiner Mutter ging es noch nicht besser. Ich durfte einmal zu ihr. Sie schlief. Ich saß eine Zeit lang bei ihr am Bett und stellte mir vor, was wäre, wenn sie jetzt sterben würde. Die aufsteigende Traurigkeit mischte sich mit einer Müdigkeit, die mir die Augen schwer machte. Ich hatte wenig geschlafen in den letzten Tagen.

Ich sagte artig »gute Nacht« nach dem Abendbrot, gab Frau Dahlerus, die abwesend in der guten Stube saß, diesmal auf dem Sofa, die Hand, meinem Vater auch, und ging in meine Kammer. Er hielt ihr von der Seite her eine Rede über Politik.

Ich hatte mich schon eingerichtet nach dem Waschen und Umziehen. Ich hatte mein Notizbuch bereitgelegt, falls ich, was ich insgeheim verneinte, noch die Erlebnisse des Tages eintragen wollte. Ich dachte daran, ohne den Plan wirklich umsetzen zu wollen, hinter jede Bahnstation den Kommentar der Frau Dahlerus zu schreiben. Die Bahnlinie hatte ich über mehrere Seiten durch das Notizbuch gemalt, manchmal einige Häuschen angedeutet entlang der Bahn, manchmal einen Baum oder ein paar Dünen. Und jetzt könnte ich doch, wo ich nun mehr wusste, hinter Seeheim und Grasplatz einige Stichworte schreiben. Könnte, wenn ich nicht so müde wäre.

Ludwig kam mir hinterher.

»Willst Du schon schlafen?«

Ich brummte, setzte mich aber auf. »Wie war's in Hamburg?«

Er nickte, setzte sich auf den Stuhl, über dessen Lehne ich meine Sachen gehängt hatte.

»Hast Du mit denen gesprochen. Müsstest Du doch können, Englisch, oder?«

»Nicht mehr als nötig.«

»Und dann gleich auf's Schiff?«

»Ja, so ungefähr.«

»Und der Lord?«

»Der ist mit Johansson gefahren.«

Er merkte mir meine Enttäuschung an und hob die Hand. »Die haben sich alle noch einmal sehr bedankt. Soll ich auch ausrichten.«

Ich nickte stumm und wusste nicht, ob er mich anlog.

Ludwig suchte nach Worten, er legte den Kopf schräg und ging nacheinander, zumindest sah es so aus, die Bücher in meinem Regal durch. Soviele waren es nicht. »Wollte nur noch was sagen.«

»Mhm.«

»Zu gestern, weißt Du?«

Zum Sitzen im Gasthaus? Wollte Ludwig mich jetzt noch einmal zur Geheimhaltung verpflichten?

Ludwig rostete. Sein Lächeln blätterte ein wenig ab. Er hatte auf einmal so ein Gesicht, wie ich es bei einigen alten Leuten, zum Beispiel bei unserem Pastor, schon gesehen hatte. Ein Gesicht mit einem festen, schmerzlichen Lächeln. Nicht zu sagen, was es in diesem Moment ausdrücken sollte, nicht veränderlich, sondern starr. Bei Pastor Leversen schien es mir immer wie eine Summe zu sein all der schrecklichen, traurigen und schönen Geschichten, die er gehört hatte.

Ludwig wandte sich ab von mir, blickte verlegen umher. »Ich habe nicht alles erzählt.«

Noch lag ich und überlegte, ob sich ein Aufsetzen lohnen würde.

»Mit Zacharias.«

»Was denn?«

Ludwig blickte zum Dachfenster. Der Himmel war grau verweht. Der kleine Ausschnitt, den ich sehen konnte, zeigte Streifen und Ecken. Den jagenden Wind hörte ich durch das Dach. Mir fiel auf, wie dunkel es schon war.

»Ich hatte Dir doch erzählt von dem Treffen, als ich ihn wiedersah.«

»Ja.«

»Er war betrunken, saß da und guckte vor sich hin.«

»Und?«

»In dem Lokal durften die Schwarzen in einen Nebenraum. Wir waren gerade in dem Tanzsaal. Das Fest, ich hatte es doch erzählt.«

Ich nickte ungeduldig.

»Einer war verkleidet wie Zach. Hatte sich das Gesicht schwarz gemalt, die Lippen weiß und rot, und hatte einen runden Hut auf. Das war eindeutig.«

»Was war eindeutig?«

»Dass das Zacharias Lewela sein sollte. Denn nur der trug so einen Hut. Als er den Lohn und die Anstellung kriegte, also nach seinem Fund, da kaufte er sich noch so einen, diesmal neu. So einen kreisrunden Hut, ganz flach oben mit kurzer Krempe.«

»Und erkannte er sich?«

»Dazu brachten sie ihn schon. Zach wurde mit seiner Flasche in den Tanzsaal geschleppt und dem verkleideten Zacharias gegenübergestellt. Und dann haben sie gelacht. Und gelacht. Ich kann es immer noch hören.«

Mir war kalt. Ich schlang die leichte Decke um mich.

»Sie haben ihm dann noch mehr Schnaps gegeben. Er wollte gar nicht mehr. Wollte nicht mehr trinken, der wollte nur noch raus da. Aber sie haben ihn nicht gelassen. Eine Höllenbande, mit Papphüten und roten Nasen. Und Zach hat es dann nicht mehr ausgehalten.«

Ich wagte nicht, meine Lider zu senken.

»Er wollte aus dem Kreis raus, schubste, wurde immer wieder gestoßen, wer weiß, wer das war. Dann schlug er einen, schlug einmal, zweimal um sich, einer blutete.«

»Was ist noch passiert?«

»Einer hat zugestochen. Wer, kam nie heraus.« Ludwigs Starre löste sich, er öffnete den Mund und japste einige Minuten nach Luft.

»Ich bin zur Beerdigung gegangen. Er war nicht mein Freund, aber ich konnte ihn gut leiden. Und …«, er zog ein wenig die Nase hoch. »Ich hatte ihm nicht geholfen.«

Ich konnte meine Füße nicht mehr spüren. Es war, als sei die Starre auf mich übergegangen.

»Und dann sangen sie. Alle. In ihrer Sprache. Ich weiß nicht, was es bedeutet, aber vergessen konnte ich es nicht.«

Ludwig summte leise, öffnete dann den Mund und verfiel in einen merkwürdigen, heiseren Singsang, wurde bald ein wenig lauter und heftiger, dann wieder schwächer. Ich dagegen fühlte mein

Blut pulsieren. In den Händen vor allem, auch im Gesicht und in den Füßen.

»Ludwig.«

»Ja?«

»Hör auf!«

Er stockte, nickte dann, ohne mich anzusehen, und ging ohne ein weiteres Wort.

38.

Ich hörte von der Sache erst wieder nach dem Krieg. Er hatte uns vieles genommen und dazu jedem Einzelnen noch etwas Persönliches. Mir meinen Vater und meinen Freund Ludwig, was ich als zuviel empfand.

Im Krieg war ich auch noch gewesen, hatte gesehen, was man nicht sehen sollte, und fühlte mich von innen verbrannt. Auslöschen konnte dieses Gefühl nichts, nur die Zeit machte den Brand kleiner. Heiß war es da drin und leer, da wo das Feuer mich versengt hatte.

Wir kamen zurecht mit dem Hof. Der Besitz war nicht verkauft worden, wir waren noch Pächter.

Ich wohnte wieder in meinem Zimmer. Meine kleinen Geschwister, ein Junge und ein Mädchen, waren süß und liebten mich wie ich sie. Meine große Schwester lebte wieder bei uns, jung und schon Witwe, wie meine Mutter auch. Irene war auch noch da.

Sie hatte Ludwigs Nachlass bekommen. Eine Familie oder Verwandte hatte er offenbar nicht. Er war an genau der entgegengesetzten Front wie mein Vater gefallen.

Irene gab mir, als ich nach Hause kam, ein paar seiner Sachen: die braune Ledermappe mit den Zeitungsausschnitten und den Kompass, den ich fortan in der Hosentasche trug. Ob sie seine Pfeife selbst behalten dürfe, fragte sie mich. Und ich zuckte mit den Achseln, mitgenommen allein schon vom Anblick der Lebensdinge meines großen Freundes, wie sie vor mir lagen.

Ich hörte von der Sache im Radio.

Die Prozesse in Nürnberg hatten begonnen. Ich sah die Bilder von Göring in der Zeitung. Der helle Anzug und die Sonnenbrille. Später erfuhr ich, dass einige Angeklagte welche trugen zum Schutz vor den hellen Scheinwerfern. Mir kam das wie eine groteske Maskerade vor, wie ein Sinnbild dafür, dass die Herren, die da saßen, die Welt weiter in ihrer eigenen Färbung sehen wollten.

Görings Verteidiger sprach auch die Bemühungen vor dem Krieg an. Seine Pläne und Initiativen hinter Hitlers Rücken. Ganz so war es nicht gewesen, denn Hitler war, wenn vielleicht nicht über jeden einzelnen Schritt, so doch grundsätzlich informiert gewesen.

Der Verteidiger stellte den fetten Reichsmarschall als einen quasi zum Krieg Gezwungenen dar. Ich hörte die Berichte, wann immer die Arbeit auf dem Hof es erlaubte.

Eines Tages hörte ich die Ankündigung, dass ein Herr Dahlerus aus Stockholm aussagen würde. Für die Anklage. Das war im März 1946.

Es rauschte und knackte, der Empfang hier draußen bei uns war nicht besonders gut. Aber ich erschauderte, als ich die ruhige, singende Stimme des Herrn Dahlerus hörte. Seine wunderbare Sprechmelodie, die Wortstellung und die gepflegte Ausdrucksweise.

Er gab freundlich und bestimmt Auskunft. Dass er zwölf Jahre in England gelebt habe, dass er den Ersten Weltkrieg in England, aber auch in Deutschland von beiden Seiten erlebt habe. Dahlerus schilderte, wie er im Sommer 1939 durch das Land reiste: Birmingham, Coventry, Manchester, London. Er schilderte, wie er mit seinen Freunden zusammengekommen war, ihre Meinung von Deutschland und so weiter. Görings Verteidiger ließ ihn ausführlich jeden Schritt erzählen. Ich wartete auf einen Namen. Elisabethbay.

Dahlerus sprach ihn nicht aus, vielleicht wollte er das hohe Gericht nicht mit allzu vielen Namen überfordern. Er sprach vom Sönke-Nissen-Koog, wo das Treffen stattgefunden hatte, in einem Haus seiner Frau.

Er gab Auskunft über den Ablauf des Tages, die Fragen, die die Engländer Göring gestellt hatten. Dichter kam er nicht heran. Was hatte ich erwartet?

Er berichtete und beteuerte, dass er, wenn er damals gewusst hätte, was er heute wüsste, nicht soviel unternommen hätte. Dass ihm das Wesen und das Auftreten Hitlers schon damals suspekt vorgekommen waren. Dass er sich zu guter Letzt in der grundsätzlichen Friedensabsicht Görings getäuscht habe. Ich spürte wieder das Messer kalt und heiß auf meiner Wange.

Ein halbes Jahr später erreichte uns ein Paket aus Schweden. Darin lag, eingepackt zunächst in braunes Packpapier, schließlich eingeschlagen in feine, weiße Seide, mein Messer.

Herr Dahlerus schrieb an mich.

»Sehr geehrter Herr Bahnsen junior«, er drechselte eine Windung an die andere, erklärte mir und uns sein Beileid. Erinnerte sich an unsere, wie er es nannte »selbstlose« Gastfreundschaft und die Ereignisse im Sommer 1939.

Er habe vor einigen Wochen das beiliegende Messer aus England zugeschickt bekommen. Von Lord Spencer, der ihm ebenfalls versichert habe, wie gut er die Tage im Sönke-Nissen-Koog in Erinnerung habe. Das Messer, das als Friedenspfand nicht getaugt habe, sei doch allemal gut, sich der gegenseitigen Wertschätzung und Freundschaft zu versichern, verbunden mit dem Wunsch auf von nun an friedliche Zeiten.

Er, Dahlerus, könne sich dem nur anschließen, schrieb er mir, halte sich aber für den falschen

Adressaten für das Taschenmesser. Seine Erinnerung bedürfe ohnehin keines Andenkens. Er wolle vielmehr mir, ausdrücklich mir, und nicht meinem Vater, der ja nun traurigerweise für, wie er schrieb, »die Sache« sterben musste, das Messer zukommen lassen.

Kein weiteres Wort dazu. Nur noch ausführliche Grußworte und Wünsche für uns. Ein Postskriptum enthielt nur noch den knappen Hinweis, dass seine Gemahlin, wie er sich ausdrückte, bis auf Weiteres auf die Pacht verzichte, bis bessere Zeiten in Sicht seien. Der Sohn, Sönke Nissen, lasse mich ausdrücklich grüßen.

Ich saß am Kirschbaumsekretär meines Vaters, holte einen seiner weißen Briefbögen aus dem Fach, stellte das Tintenfass daneben und öffnete doch den schwarzen Füller nicht.

Was hätte es zu sagen gegeben?

39.

Hatte ich auf diesen Moment gewartet? Ihn erträumt, ihn all die Jahre herbeigefiebert in schlaflosen Nächten? Nein. Es war so, dass mir das Leben die Gelegenheit bot und ich sie annahm. Ganz. Ich ließ mich von Sam, meinem afrikanischen Begleiter, die Bahnstrecken entlangfahren. Ich hatte nach deutschen Namen, Schildern, Werbetafeln, Gasthäusern geguckt, nach dem einen oder anderen deutschen Satz an der Straße. Ich hatte keine Ahnung, das war mir klar. Ich hatte nicht einmal den Zipfel eines Grashalms und wollte doch die ganze Wiese sehen.

Sam hielt an bei einer Tankstelle. Staubig, ja rostig. So kam ich mir auch vor. Ich hatte einige Wochen Zeit, war beruflich in Südafrika gewesen. Und hatte mir schon zu Hause, den Atlas vor mir wie früher, selbst versprochen, dass ich an die Bahnstrecke fahren wollte. Gucken, wie es aussieht, ahnen, wie es war. Den geheimnisvollsten, unglaublichsten Ort meiner Kindheit sehen, dort stehen. Das ganze Bild.

Wir fuhren nach Kolmannskuppe. Und sahen, was von dem Ort übrig war: hölzerne Gerippe im Sand, Schattenhäuser. Das Land hatte sich wiedergeholt, was ihm zustand. Die Stadt, die einst zur viertreichsten in ganz Afrika ausgerufen worden war, war nicht nur pleite, sondern beinahe schon wieder dem Sand gleichgemacht, aus dem sie einst erstanden war.

Ich ging eine Stunde herum oder mehr. Dann war es gut. Ich winkte Sam zu, dass ich noch ein paar Schritte tun wolle, dann würde ich zurück zum Jeep kommen.

Ich trat hinter die Häuser, die Reste der Stadt. Ich blickte in die Dünen, die Wellen aus Sand, den Horizont, stapfte einen Hügel empor.

Ich hatte immer vorgehabt, Ludwigs Kompass hierher zu bringen. Ihn in den Sand zu legen, ihn dorthin zurückzubringen, von wo aus Ludwigs Weg zu uns geführt hatte. Ich wog ihn in der Hand, öffnete ihn, blickte auf die nach Norden pendelnde Nadel. Das Glas war glatt. Ich begriff, hier begriff ich endlich: Er war ohne Kratzer, ohne Schnitt, Ludwig hatte nicht ein einziges Mal versucht, einen Diamanten daran zu testen. Er hatte keine gefunden, vielleicht nicht einmal welche gesucht.

Ich lächelte und hatte doch die Schwere der Stunde in mir. Ludwig fehlte mir, mein Vater auch, das Leben vorher überhaupt. War nichts mehr da?

Ich klappte den Kompass zusammen, steckte ihn ein. Dann nahm ich das Taschenmesser aus der anderen Hosentasche, strich noch einmal über das Holz und legte es in den Sand. Streute Körner darauf, bis es nicht mehr zu sehen war. Ich erhob mich und ging.

Nachsätze

Die Geheimkonferenz im Sönke-Nissen-Koog hat vom 6. bis zum 8. August 1939 stattgefunden, die Begegnung Görings mit den Vertretern aus Großbritannien am 7. August.

Die in diesem Buch geschilderten Umstände und den Ablauf der Konferenz habe ich nach den Erinnerungen von Birger Dahlerus in dessen Buch »Der letzte Versuch«, München 1948, beschrieben.

Dennoch möchte ich darauf hinweisen, dass die Romanhandlung und die Beschreibung der geschilderten Personen allein meiner Fantasie entsprangen. Einzige Ausnahmen bilden die historisch bekannten Figuren.

Ocke Bandixen
Hamburg
September 2010